高家表裏譚4

謁見

上田秀人

角川文庫
22837

目次

主な登場人物

吉良《きら》三郎《さぶろう》義央《よしなか》……高家の名門・吉良家の嫡男。吉良家を継ぐため、高家見習いとなる。

吉良義冬《よしふゆ》……左近衛少将。高家・吉良家の当主で三郎の父。

徳川家綱《いえつな》……徳川第四代将軍。

酒井忠清《ただきよ》……老中。酒井忠勝から酒井雅楽頭《うたのかみ》家の頭領を継ぐ。

毛利綱広《つなひろ》……長門守。長州藩二代目藩主。毛利元就《もとなり》の子孫を自負する。

近衛《このえ》基熙《もとひろ》……権中納言。五摂家《ごせつけ》筆頭の近衛家の若き当主。

小林平八郎《へいはちろう》……父の平右衛門とともに吉良家に仕える。三郎の側役で剣の使い手。

第一章　柳営と禁裏

一

江戸《えど》と京はおよそ百二十七里（約四九八キロメートル）離れている。

徳川家康《とくがわいえやす》は江戸に幕府を開くにあたって、京との連絡を重視した。

「室町《むろまち》の失敗を教訓とすべし」

朝廷に近すぎたため、武力より雅に傾き、やがてその実権は管領という肩書きの大大名へと奪われた。

家康は、幕府を京から離し、江戸に開いた。

だが、それは京の状況がわかりにくくなるという欠点を持つことでもあった。

「新たな六波羅探題《ろくはらたんだい》が要る」

京の治安を守り、朝廷を保護する役目を家康は鎌倉《かまくら》幕府にならって設立した。

「京都所司代《しょしだい》を置く」

六波羅探題は京の警固の他、地方地頭《じとう》たちのもめ事の仲裁、裁断、罪を犯した御家人の処断などを任とした。南北の二つがあり、北が上席とされ、代々執権北条《しっけんほうじょう》氏の分家筋が探題を務めた。

しかし、世襲制に近い状況は、やはり悪癖を生む。

家康は京都所司代を譜代大名の役目として、能力のない者への世襲は禁じた。代を重ねれば、それは役目ではなくなり、利権となる。

「西国大名どもを京に近づけるな」

さらに家康は、京都所司代に西国大名の監察もさせた。

「幕府に敵対する者を許すな」

家康は朝廷も京都所司代の支配下におこうとした。

「いずれは江戸を天下の都とする」

織田信長《おだのぶなが》、豊臣秀吉《とよとみひでよし》と二人の英傑の後を受けた家康は、京の恐ろしさをよく知っていた。いや、朝廷の力をしっかりと感じていた。

「京を押さえた者が天下を獲《と》る」

平清盛《たいらのきよもり》、木曾義仲《きそよしなか》、源頼朝《みなもとのよりとも》、後醍醐《ごだいご》天皇、足利尊氏《あしかがたかうじ》、そして織田信長、豊臣秀吉、徳川家康と歴史はこれを繰り返してきた。

京に都が移って一千年たらずで、これだけ替わったのだ。

言い換えれば、天下人は次に京を支配するものが出るまでの暫定でしかなかった。

「永遠に京を支配する」

天下人は誰もがそう考えた。

だが、武力と金を持たない公家《くげ》たちは、権力のうつろいに敏感である。少しでも衰えが見えてくれば、新たな庇護《ひご》者を探そうとする。

いや、探すならまだかわいい。公家たちは、朝廷は、次の天下人を生み出そうとする。

「気を付けるように」

「朕《ちん》は卿《けい》を頼りにしている」

本来ならば、天下の静謐《せいひつ》を願い、今の政体を護持しようとするべきである。

「幕府は朝廷をないがしろにしている」

「主上は、貴殿の忠誠を喜んでおられる」

公家たちは野心のある者に囁《ささや》く。そして、その野心が十分に育ち、それに見合うだけの力を身につけたとき、

「幕府を倒せ」

「某家は朝敵である」

朝廷は手のひらを返す。

そうなってからでは遅いと家康は朝廷になにか動きがあったとき、すぐに江戸へ連絡が届くように、御用飛脚を整備した。

慶長《けいちょう》六年(一六〇一)、前年の関ヶ原《せきがはら》の合戦で勝利を収めた家康は、東海道《とうかいどう》を譜代大名あるいは従属した外様《とざま》大名に預け、伝馬《てんま》を整備させた。伝馬駅となった宿場、休息場に家康は三十六匹の馬と相応する人足を配置、御用便はこれらを存分に使用できるようにした。もちろん、街道にある関所も自在に通行できるようにし、急ぎの便ならば、わずか四十一刻《とき》(約八十二時間)ほどで京から江戸へ着いた。

「密《ひそ》かに御用便は使えぬのかの」

吉良《きら》(従四位下《じゅしいのげ》)侍従《じじゅう》兼上野介《こうずけのすけ》三郎義央《さぶろうよしなか》へ、近衛権中納言《このえごんのちゅうなごん》多治丸《たじまる》基熙《もとひろ》が問うた。

「無茶を言うてくれるな、多治丸」

三郎が首を横に振った。

「御用便は京都所司代さまか、大坂《おおさか》城代さまでなくば無理じゃ」

「高家《こうけ》は幕府の要職であろうに」

あきれる三郎に近衛基熙が嘆息した。

「要職……高家が。表向きのことだな。高家なんぞ、魔除《まよ》けのお札ていどのもの」

三郎が苦笑した。

見習扱いとして登城したこともある三郎は、高家が日々なにもせず、ただ愚痴をこぼしているだけでしかないと悟っていた。

高家の城中での役目は礼儀礼法を見張るというものであり、当番を決めて将軍お目見えだとか、老中《ろうじゆう》下知だとかの立ち会いをしているが、そんなところで実際にとがめ立てをすることはない。

「辞儀が違う」

将軍の前で高家に指摘されたら、どうなるか。

「身を慎め」

謹慎だけですめば幸い、

「わきまえぬ者に当主は務まらぬ。隠居いたせ」

それこそ、今日家督相続の御礼に出てきたばかりの若い者でも隠居させられる。さすがに直系がないからと改易にはしないが、それなりの罰は与えられる。

「家禄《かろく》を半減し、転封を命じる」

大名にとって、改易の次ぎに怖《おそ》ろしい転封を喰《く》らう。

当然、そうなってはたまらない。

「よしなにお願いをいたしまする」

目通りはあらかじめいつだとわかっている。少し調べれば、誰が立ち会い当番の高家かもわかる。

あとは世慣れた家臣の仕事とばかりに、音物《いんもつ》を持っての挨拶《あいさつ》をする。

「礼法の指導は高家の役目じゃ。某《なにがし》どののこと引き受けた」

十分な挨拶を受けた高家は、こうして監察から、手助けをする者へと変わる。

つまり監察の意味がなくなる。

では、高家の役目はなんだといえば、結局のところ朝廷との交渉しか残らない。

「麿《まろ》との遣《や》り取りは、朝廷との交渉になろう」

近衛家は五摂《ごせっ》家《け》の筆頭である。さらに基熙は、後水尾《ごみずのお》法皇からとくに選ばれて、近衛家を継いだという経緯《いきさつ》もある。

「功成り名を遂げた者の子孫が、皆出来物だと」

三郎が応じる前に、近衛基熙が続けた。

「十万石でござい、従二位大納言《だいなごん》でおじゃると偉そうにしている者は、それだけの器を持っているのか」

「それは……」

「朝廷を見ろ。かつて主上を中心にまつろわぬ者どもを討ち、天下を静謐にしたはずの公家たち、麿も含めて、同じことができるように見えるか」

言いかけた三郎を制して、近衛基熙がさらに重ねた。

「坂上田村麻呂《さかのうえのたむらまろ》を知っているか」

「荒夷《あらえびす》を討伐した古き世の征夷大将軍《せいいたいしょうぐん》であろう」

さすがに三郎もその名前は知っていた。

「その子孫が、今なにをしているか、知っておるか」

「……いや」

近衛基熙の質問に、三郎は困惑した。

「もちろん、子孫はいくつもの流れを持っているが、坂上氏の本家筋のことだぞ」

幅を近衛基熙が狭めた。

「聞けば、伊達《だて》家の分家でもある奥州《おうしゅう》の田村家が、奥州に残った田村麻呂の子孫だという」

近衛基熙が一つの例を出した。

「坂上田村麻呂に蝦夷《えみし》討伐の褒賞として与えられた摂津《せっつ》の荘《しょう》にも子孫がいる。血を保つというか、貴種たることを諦《あきら》めきれないのだろうな。下位公家から代々嫁取りをしているらしい」

末は摂政《せっしょう》か関白《かんぱく》、左大臣《さだいじん》などの高官となる近衛家にとって、五位以下の公家など名前を覚える意味はない。

「……まだ京に」

坂上家は公家として残っているのかと三郎が問うた。

「残っているとも」

近衛基熙が認めた。

「といったところで、先日江戸へ向かうまでは知らなかったわ。征夷大将軍とは、幕府とはなんだと学ぶ過程での」

「征夷大将軍は従二位大納言と重なる。とはいえ、これは武家の官位である。坂上家はやはり武官方だろうし」

血なまぐさいことを嫌う朝廷において、武官方は下に見られる。

「五位か六位で、左兵衛尉《さひょうえのじょう》、右馬助《うまのすけ》あたりか」

「検非違使《けびいし》あるいは衛門尉《えもんのじょう》よ」

「六位、いや七位……」

武官がいかに低いとはいえ、名門中の名門の坂上家の扱いに、三郎は絶句した。

「あまりではないか」

思わず三郎が憤った。

「そうか。麿はそう思わぬがの」

あっさりと近衛基熙が言った。

「なぜかわからぬか。坂上田村麻呂が活躍してから、どれだけ天下に争いがあった。近くは応仁《おうにん》のころ、古くは源平《げんぺい》の戦い。建武《けんむ》帝のこともあったな」

後に建武帝と諡《おくりな》された後醍醐天皇は、鎌倉幕府から天下の権を奪い、足利尊氏に敗北するまでのわずかの間とはいえ、天皇親政をおこなった。

「わかりやすいのは建武の新政か。あのとき坂上田村麻呂の子孫が武に秀でていたら、武士たちに頼らず、京から武家を追い出せただろう。征討将軍として兵を率い、戦えばよかった。あのとき、朝廷が平安《へいあん》以降、初めて武を奮ったのだ。そこに応じずして、なにが武の名門よ」

「………」

三郎は黙って聞くしかなかった。

「先祖がすさまじいから、必ず子孫も有能なわけがあるか」

「多治丸……」

吐き捨てるように口にした近衛基熙に、三郎はこの若さでそれを言えるだけの経験を積んでいると悟り、怖れた。

二

吉良左近衛少将義冬《よしふゆ》は、いつものように高家控えの間で端座していた。

「左近衛少将さま、上様がお召しでございまする」

お城坊主が襖《ふすま》を開けて、用件を口にした。

「上様が……ただちに」

吉良左近衛少将が腰をあげた。

高家控えの間から将軍御座の間は近い。

「お召しに応じ、参上仕《つかまつ》りましてございまする」

御座の間下段襖際で、一度手を突いて吉良義冬は名乗った。

「参ったか。よろしかろうぞ。もそっと近う寄れ」

「はっ……」

四代将軍家綱《いえつな》から命じられた吉良義冬は、その場で身じろぎをした。

ご威光に畏《おそ》れ、近づきたくても近づけませぬという、礼儀の表れであった。

「よい」

「はっ」

「参れ」

「ははっ」

これを三度繰り返して、ようやく吉良義冬は、家綱の座する上段の間と下段の間の境目、下段側まで移動できる。

まったく無駄な行為であり、もし、これが戦さにかかわる報告に訪れていたのならば、このわずかな手間の間に勝ちが負けに変わっていてもおかしくはない。

だが、これをしなければ、咎《とが》められるのが泰平というものであり、そして咎めるのが、吉良義央をはじめとする高家の役目であった。

「雅楽頭《うたのかみ》」

吉良義冬が近づくのを待って、家綱が脇に控える老中酒井《さかい》雅楽頭忠清《ただきよ》を促した。

「承りましてございまする」

家綱へ一礼した酒井雅楽頭が、吉良義冬へ顔を向けた。

「左近衛少将、そちに問いただしたいことがある」

「なにごとでございましょうや」

酒井雅楽頭の言葉に、吉良義冬が怪訝《けげん》そうな顔をした。

「一同、あらためて申しつける。ここで見聞きしたことは、他言無用である」

まず、酒井雅楽頭が御用部屋にいる小姓《こしよう》、小納戸《こなんど》に釘《くぎ》を刺した。

将軍の側に仕え、最後の盾となる小姓、食事の用意から掃除などの雑用を担う小納戸は、出自や経歴を徹底して調べられて選ばれる。

また、お役目に就くときは、親子兄弟であろうが御座の間であったことは話さないという誓詞を入れさせられる。もし、これを破れば、先祖の功がどれだけあろうが、三河《みかわ》以来の譜代であろうが、切腹改易となる。

また、小姓も小納戸も毎日将軍のすぐ側で働いているのだ。その目に留まる機会も多く、側仕えから御側用人へと出世して大名となったり、小納戸から遠国奉行《おんごくぶぎよう》にまで昇ったりした者もいる。まさに嘱望の役目とされているだけに、その空き席狙いは激しい。それこそ、引きや賄賂《わいろ》など、あらゆる手段が使われる。

そして、その引きのお陰で出仕できた者は、引きあげてくれた人物に頭があがらなくなる。

「あのことはどうかの」

直截《ちょくせつ》ではなく婉曲《えんきょく》に引きを使った者は問い、

「お心にかなわぬようでございまする」

小姓や小納戸もはっきりとは答えない。

「どうすればよいかの」

「美濃《みの》国のものがよろしいかと」

やり方を問われた小姓なりが、老中稲葉《いなば》美濃守を通じて再願すればいいと答える。

こうやった遣り取りで、あったことを話さないという誓詞をごまかしていた。

当たり前のことながら、これを酒井雅楽頭は知っている。

今回の釘刺しは、それさえも許さぬとの命であった。

「…………」

小姓と小納戸が緊張した。

「わたくし、昼餉《ひるげ》の用意を見て参りまする」

「拙者も」

触らぬ神にたたりなしと小納戸の数人が逃げ出した。

「肚《はら》なしどもが。上様の御側にいる者は、命を惜しんではならぬ。逃げた者の名を控えておけ」

「はっ」

酒井雅楽頭の指示に小納戸組頭がうなずいた。

「これでよいな。左近衛少将、待たせた」

「いえ」

老中の権威は高家を吹き飛ばすくらいはしてのける。といったところで名家を保護することを役目の一つと考えている徳川家が、源氏の系譜を貸した吉良家を見捨てるはずはなく、家名断絶は避けられるが老中がその気になれば禄を半減するくらいはできた。

吉良義冬が首を左右に振った。

「さて、左近衛少将、上野介はどうしておる」

「息でございますれば、少々体調を崩し、国元にて療養させておりまする」

問われた吉良義冬が告げた。

「……ふむ」

酒井雅楽頭が動じない吉良義冬に感心した。

「言い換えようぞ。上野介はどこにおる」

「先ほども申しましたように、領地に……」

「余を失望させるな」

繰り返そうとした吉良義冬を酒井雅楽頭が遮った。

「……ご存じだと」

吉良義冬はそれでも落ちなかった。まだ、どこへ行っているという具体的な地名が出ていない。

「無駄なあがきだが、まあ、あがくのはよかろう」

酒井雅楽頭が今度は吉良義冬を叱らなかった。

「京におろう」

「…………」

言われた吉良義冬が頭《こうべ》を垂れた。

「いかにしてお知りになられましたのでございましょう」

「所司代じゃ」

酒井雅楽頭が京都所司代牧野《まきの》佐渡守《さどのかみ》親成《ちかしげ》からの報せだと答えた。

「御用便……」

まだ三郎が京へのぼって、さほどの日にちは経っていない。途中で吉良荘に寄り、金策をしていることも考えれば、それを使ったとしか思えなかった。

「どのように。息と佐渡守さまに面識はないはずでございまする」

最大の謎を吉良義冬は問うた。

「それは教えぬ。教えては京都所司代の手札が一枚なくなる」

酒井雅楽頭が首を横に振った。

「畏れ入りまする」

吉良義冬が降参した。

「部屋住みが領国を見にいくくらいは咎め立てるほどのものではない」

当主の無断出国は罪になるが、嫡男はまだ緩い。すでに見習い扱いとして出ている三郎なので、厳密にいえば咎めを受けてもおかしくはないが、それは見逃すと酒井雅楽頭が言った。

「申せと」

「うむ」

　咎めぬ代償だと酒井雅楽頭が首肯した。

「……お呼び出しがございました」

「お呼び出し……誰からじゃ。いや、京で吉良が応じるとなれば……近衛さまか」

　老中首座とはいえ、五摂家を呼び捨てにはできなかった。

「さようでございまする。近衛さまよりお召しがあり、このたびの除目《じもく》の詳細も知りたく存じまして、上野介を京へやりましてございまする」

　吉良義冬が述べた。

「連絡は」

「まだございませぬ」

　確かめた酒井雅楽頭に、吉良義冬が首を横に振った。

「当然だな。御用便より早いものはない」

　己で問うておきながら、酒井雅楽頭が納得した。

「いつ連絡が来る手はずになっておる」

「わかりませぬ」

　吉良義冬は決めていないと応じた。

「御用便を使えば、江戸と京で七日ほどで往復できるが……」

酒井雅楽頭が難しい顔をした。

「そうすればよかろう、雅楽頭」

黙って聞いていた家綱が口を開いた。

「上様、御用便は佐渡守に宛てることとなりまする」

「佐渡守が知ってもどうということはあるまい。上野介のことを報せてきたのも佐渡守であろうが」

家綱が駄目だと言った酒井雅楽頭に首をかしげた。

「こちらからのものはよろしゅうございまする。上野介に問いただせというだけでございまするゆえ。ですが、その答えを佐渡守が知るのは……知らせてよい内容なのかが問題となりまする」

「知らせてはならぬものとはなんじゃ」

家綱が問うた。

「左近衛少将、お答えを申しあげよ」

朝廷のことは高家が詳しいと、酒井雅楽頭が吉良義冬に振った。

「はっ、畏れながら申しあげまする。朝廷でもっとも重きをおく近衛家が、わざわざ上野介を呼び出されたということは、よほどかと」

「それはなんじゃ」

「五摂家、あるいは御上にかかわる、あるいは皇統にかかわること」

「……それはっ」

「なんと」

さすがの内容に置物と化していた小姓たちが反応した。

「…………」

「申しわけございませぬ」

「ご無礼を仕りました」

酒井雅楽頭ににらみつけられて、小姓たちが畏縮《いしゅく》した。

「五摂家のこととはなんじゃ」

家綱が一つ一つの説明を求めた。

「五摂家を減らすあるいは増やす。もしくは格の順を入れ替える」

「摂家を減らすことはなかろう。公家どもが五摂家という権威と禄、それに伴う利を捨て去るはずはない」

酒井雅楽頭が割って入った。

「その通りかと。事実、乱世のころ鷹司家《たかつかさけ》が一度断絶したことがございまする。これは朝廷に鷹司家を再興するだけの力がなかったからでございまする。それを惜しんだ織田信長公によって、鷹司家は復活いたしましてございまする」

乱世、各地にあった天皇領、公家領は戦国大名や寺院らによって奪われ、朝廷は苦境に追いこまれていた。天皇家が先代の葬儀、大喪の礼をおこなうだけの金がなく、諸大名の寄付に頼らざるを得なかったくらいである。もちろん、それまで遺骸《いがい》は放置され、ようやく大喪の礼がおこなえるようになったときには、酷《ひど》い状態になっていた。

そんな状況の朝廷に五摂家を復活させるだけの力はない。織田信長の助力があってこそ、鷹司は復活した。

他にも飛鳥井《あすかい》の本家にあたる難波《なんば》家など、一度絶えた家はあるが、やはり復活はなかなかに難しい。禄が手配できないからだ。

今は徳川幕府から禄というか知行所を与えられているので、絶えたところで吸収されるだけですむ。これが幕府創設前の絶家となると、親戚《しんせき》中がよってたかってその財をむしってしまっている。

「再興するゆえ、それらのものを返せ」

そう朝廷が命じたところで、公家が一度手にしたものを返すはずはない。

幕府も、絶えた家を再興したいのでもう一度禄をと言われて、すんなり出してはくれない。

「不要でございましょう」

「絶えたということは、天命を果たしたのでは」

無限に禄を出すほど幕府も甘くはない。

「言うまでもないが、五摂家の増員はない」

これ以上徳川家よりも格上の公家は不要だと酒井雅楽頭が宣言した。

「はい」

吉良義冬も同意した。

「御上にかかわることとはなんだ。幕府を潰《つぶ》すとでも朝廷が……」

次の疑問に家綱が移った。

「それはございますまい」

「考えられませぬ」

酒井雅楽頭と吉良義冬が揃って否定した。

「おう、そうか」

家綱が驚いたように身を少し退いた。

「朝廷に幕府を潰すだけの力はございませぬ。朝廷がなさるのは、野心ある者をそそのかすだけ」

嫌悪をにじませながら酒井雅楽頭が口にした。

「先年も上洛《じょうらく》をいたしましたが、京にそのような不穏なる空気は漂っておりませんでした」

現地は静かだったと吉良義冬が付け足した。

「となると、残るは」

「皇統の問題となりまする」

家綱の後を酒井雅楽頭が続けた。

「畏れ多いことながら、皇統になにかあるのか」

「聞いてはおりませぬ」

より緊張した声で問うた家綱に、吉良義冬は首を横に振った。

高家は半分公家のようなものだ。確証がない限り、皇統に疑義を持ち出すことはできなかった。

「わからぬか。となれば、より難しいの」

「仰せの通りでございまする」

嘆息した家綱に、酒井雅楽頭が同意した。

「なにより、なぜ、そなたではなく、上野介が選ばれた。そもそも嫡男が従四位を朝廷より賜る理由はなんだ」

酒井雅楽頭が不満を見せた。

ほとんどの譜代大名は老中になってようやく従四位侍従となる。酒井雅楽頭も従四位下侍従兼雅楽頭という官職であった。

「わかりませぬ。わかりませぬが、もしやと思うところはございまする」

困惑しながら吉良義冬が言った。

「もしやと思うところがあるならば、申せ」

「違うやも知れませぬ。いささか、釣り合っておりませぬので」

「かまわぬ」

後で違うではないかと叱られないよう念を押した吉良義冬に、酒井雅楽頭がいらだった。

「これは、近衛さまからお口止めがございましたので、申しあげておりませぬことでございまする」

もう一度咎めないでくれと念押しをした吉良義冬が話し出した。

「密かに元服前の近衛さまが……」

吉良義冬が語った。

「なんと朝廷からの使者として近衛さまが」

家綱が驚愕《きょうがく》した。

「……なぜそのときに報せなかった」

酒井雅楽頭が不手際だと吉良義冬を叱った。

「口外するなと」

「それでも貴様は幕臣であろう。なれば、報告するのが筋」

さきほども言ったことだと反論した吉良義冬に、酒井雅楽頭が怒った。

「高家を失うことにもなりかねませぬが」

「朝廷から吉良が嫌われたところで、御上は痛まぬ。高家は他にもある」

言いわけした吉良義冬に、酒井雅楽頭が吐き捨てた。

「高家と申しましたが」

「……どういう意味だ」

もう一度口にした吉良義冬に酒井雅楽頭が怪訝な顔をした。

「密を漏らせば、朝廷は高家に隔意を持つことになりまする。やはり高家は朝廷の敵だと。ああ、ご懸念なく。高家に主が誰かわからぬ愚か者はおりませぬ」

朝廷に重きを置くような高家はいないと吉良義冬が断言した。

「それを朝廷もわかっておりまする」

「ならば、問題はなかろうが」

酒井雅楽頭が吉良義冬をにらみつけた。

「朝廷の信を失いまする」

「…………」

酒井雅楽頭が黙った。

「高家のお役目、その最たるものは朝廷と御上の間を取り次ぐことと存じておりまする」

「それくらいならば、所司代でも禁裏付《きんりづき》でもできよう」

吉良義冬の恐れを酒井雅楽頭が一蹴《いっしゅう》した。

「所司代さまに、その暇《いとま》はございますまい。多忙に過ぎましょう」

吉良義冬が否定した。

京都所司代は西国大名の監察、朝廷の管理の他に、大津《おおつ》、伏見《ふしみ》の監督などもおこなう。さらに京都町奉行所の管轄しない山城《やましろ》、丹波《たんば》などの治安、行政も担当した。

その京都所司代に武家の除目と、公家との折衝も任せるなど、無理であった。

「ましてや禁裏付など……」

吉良義冬が嘲笑《ちょうしょう》を浮かべた。

禁裏付は、朝廷目付《ちょうていめつけ》とも呼ばれ、御所に毎日参内して、その内証を監察する。役目だけを聞けば、かなりのもののように思えるが、そのじつは一日御所のなかで座っているだけであり、公家たちを摘発することなどなかった。

御所へ納められる食料や小間物などを取り調べるという名目で、商人から賄賂をもらうのが仕事のようなものであった。

「犬」

公家たちを監察するとはいえ、三位《さんみ》以上の高位公家に対しては、なにもできない腰抜けと五摂家あたりからは笑われていた。

「むっ」

言われた酒井雅楽頭が唸《うな》った。

「京都所司代が手一杯だというのはわかったが、なぜに禁裏付はいかぬのだ」

若い将軍家綱が問うた。

「家柄でございまする、いえ、血筋と申すべきか」

吉良義冬が答えた。

「禁裏付は旗本であろう。それも名門の」

家綱がさらに疑問を重ねた。

「公家どもは血筋をなによりも尊びまする。たしかに禁裏付に任じられるほどの者なれば、相応の経歴を持っておりましょう。ただ、それを公家は認めませぬ」

「なぜ認めぬ」

「証《あかし》がございませぬ。皆、清和《せいわ》源氏の流れを汲《く》むとか、平氏の末裔《まつえい》だとか申しておりまするが、それはまちがいないものだと示すものがありませぬ。対して我ら高家は、その出自が明らかであり、なかには公家の出の者もおりまする」

首をひねった家綱に、吉良義冬が高家をその辺の旗本と同じだと思わないで欲しいと述べた。

「そういうものかの」

家綱が納得できない顔をした。

「御上が任じられた者を軽んじるなど、公家どもはなにさまのつもりなのだ」

酒井雅楽頭が家綱を慮《おもんぱか》って、怒って見せた。

「公家には、血筋、それしかないのでございまする」

吉良義冬が告げた。

三

御座の間は静まりかえっていた。

最初に逃げ出した小納戸以外、将軍家最後の盾として、なにがあっても側を離れてはいけない小姓組、将軍が茶をとか障子を開けよとか命じたときに応じられるよう残った組頭以下小納戸数人も、顔をあげることさえできず、塑像のようになっていた。

「我ら高家は従四位と、昇殿の適《かな》う三位以下ではございまするが、それでも公家としては、話ができる相手と扱ってくださりまする。上洛のおりには、茶会に招かれたり、酒席をともにしたりいたし、交流を重ねて、少しばかりの雑談には応じていただけると自負しておりまする」

この少しばかりの雑談というのが曲者《くせもの》であった。

「ちと禄を増やしてもらえぬかの」

というような欲がらみが多いのは確かだが、

「何宮さまをご降嫁いただけませぬか」

「ちとむつかしい」

「主上にお伺いいたしてみようか」

将軍正室は朝廷から迎えるという先例に従っての願いの下打ち合わせもできる。

正式に申しこんで断られたならば、幕府の面目にかかわるし、将軍にしても気持ちのいいものではない。あらかじめ駄目だとわかっていれば、天皇の娘である内親王を諦めて、宮家の姫に代えるという手が打てる。

もし降嫁を認めるというならば、どういう条件が付けられるかとの話になる。

これができるのは、高家だけであった。

京都所司代では権威が強すぎて、降嫁させよという脅しになるし、禁裏付では鼻であしらわれる。

こういった裏での遣り取りを朝廷とするために高家はあった。

「わかった。高家の意義は理解した」

酒井雅楽頭が吉良義冬にうなずいた。

「では、なぜ上野介が高家になる前に四位になれた。四位といえば、御三家の嫡男が元服して就く位階ぞ」

「交流としか言えませぬ」

先ほどの思い当たるものを吉良義冬が口にした。

「交流だと……上野介と近衛さまは交流があったのか」

「近衛さまが江戸へお見えになるまでは、まったくございませんでした。息だけでなく、吉良家も近衛さまとのお付き合いはございませぬ。なにぶんにも近衛さまは、一時空き屋形となっておりましたので」

近衛基熙の先代尚嗣《ひさつぐ》は正室で後水尾法皇の姫女二宮《おんなにのみや》との間に子をなす前に急逝、一時主がいない状態になった。

「多治丸に継がせてやれ」

公家の中の公家である近衛家に人がいない。これは除目や朝議に大きな影響を及ぼす。朝廷の混乱を危惧《きぐ》した後水尾法皇は尚嗣と近衛家の女官との間に生まれながら、二宮に遠慮して、外へ預けられていた多治丸こと近衛基熙を跡継ぎとして認め、仙洞御所《せんとうごしよ》に引き取って直接扶育した。

幕府相手に揺らぎもしなかった後水尾法皇の庇護を受けたことで、近衛家は傷を受けずにすんだが、仙洞御所で過ごしたため対外の交流ができなかった。高家のなかでも上洛回数の多い吉良義冬でさえ、近衛基熙との接触はまったく取れなかったのだ。

「話していないことがあるな」

酒井雅楽頭が声を低くした。

「…………」

吉良義冬が黙った。

「申せ。沈黙は許さぬ。ごまかしや偽りを口にしてみよ、いかに神君《しんくん》さまお取り立ての高家筆頭といえども、ただではすまさぬ」

「あらためてお伺い仕ります。本当によろしゅうございますのでしょうや」

吉良義冬は酒井雅楽頭ではなく、家綱に尋ねた。

「雅楽頭、いかがじゃ」

家綱は吉良義冬の意図を悟って、残っている小姓たちを見ながら、酒井雅楽頭へと確認を求めた。

「十全の覚悟をいたしておるはずでございまする」

酒井雅楽頭が小姓たちを一瞥《いちべつ》もせず、言い切った。

「うむ。左近衛少将」

それを受けて家綱が吉良義冬を促した。

「お手数《かず》をおかけいたしました」

将軍に手間を取らせたことを詫《わ》びてから、吉良義冬が語った。

「我らに朝廷の問題をお話になられた近衛さまは、急ぎ京へお戻りになることとなりました。だからといって屋敷の前で見送るなどの無礼をするわけにはいきませず、息に手練《てだ》れの家臣を付けて品川《しながわ》までお供をいたさせました。そこに近衛さまを無理矢理お連れして、その身柄を人質代わりに除目での累進を企《たくら》んだ愚か者が襲いかかり……」

「なんじゃと」

「馬鹿なっ」

家綱と酒井雅楽頭が絶句した。

「幸い、息と家臣が近衛さまをお守りいたしました。その後近衛さまが、息に京へ来たら屋敷へ顔を出せとお許しをくださいまして」

「その礼か、従四位下は」

「他に思い当たるものもなく、このままにしてはおけぬと息を近衛さまのもとへ御礼言上に行かせましてございまする」

呟《つぶや》くような酒井雅楽頭に、吉良義冬が話し終えた。

「左近衛少将」

酒井雅楽頭が鋭い声を出した。

「口にしてよろしゅうございますか、縁ある者もおりましょう」

もう一度吉良義冬が警告を発した。

「……懐紙に書け」

「はっ。では、御筆をお貸しいただきたく」

将軍の前で懐に手を入れる行為はまずい。短刀でも出すと思われただけで、吉良家は潰れる。

「紙と筆を、左近衛少将へ」

家綱が指示し、小納戸組頭が顔を伏せたままで手配した。

「かたじけなし」

名も知らぬ、知らぬほうがよい小納戸組頭に軽く感謝の意を示し、吉良義冬が紙の上に筆を滑らせた。

「ありがとうございました」

まず紙と筆を借りたことを家綱に謝す。無駄な手間と思われるが、こういったことが礼儀礼法なのだ。もともと下の者が上を害そうとしているかどうかの判別をするためとか、敬意を払っているかを測るために生まれた動きである。

礼儀礼法を指導する立場の高家がこれをおろそかにすることは、己で己の首を絞めるに等しい。

「雅楽頭さま」

その後、紙を酒井雅楽頭へと渡した。

「……やはりか」

書いてある名前を見て、酒井雅楽頭が苦虫をかみつぶしたような表情になった。

「雅楽頭」

家綱が見せろと声をかけた。

「……お声をお出しになられませぬよう」

念を押してから酒井雅楽頭が家綱の膝《ひざ》近くに紙を差し出した。すぐに引っこめられるように手放してはいない。

「…………」

驚きの表情ながら、家綱は沈黙を貫いた。

「もうよろしゅうございましょうか」

「うむ」

確かめた酒井雅楽頭に家綱がうなずいた。

「手あぶりを」

酒井雅楽頭が小納戸組頭に小さな火鉢を持ってこさせ、細かく引き裂いた紙を燃やした。

「左近衛少将、今のところは了解した」

「はっ」

「上野介から連絡があり次第、余に報せよ」

「では、御用便は……」

酒井雅楽頭に吉良義冬が確かめた。

「使わぬ。このような話、誰にも話せぬわ」

頬を引きつらせながら酒井雅楽頭が述べた。

「下がってよい。大儀であった」

二人の遣り取りが終わったのを見て、家綱が吉良義冬に退出を許した。

近衛家は御所の北、今出川《いまでがわ》御門《ごもん》のなかにある。

今出川御門を護《まも》る衛門が詰め、御所へ出入りする者を見張っていた。

「…………」

「出てこぬの」

一人の衛門が、見張るべき今出川御門ではなく、近衛家の門をじっと見ていた。

「あまり露骨なまねをしいなや。わたいらの仕事は、門の出入りを見張ることやで」

同僚の衛門が、衛門に忠告した。

「ほっとけ。そもそも御門なんぞ、開いてる間は誰でも通れるやないか。そんなもん見張っても無駄やないか」

衛門が言い返した。

「怪しい者《もん》が通るやも知れんやろ」

忠告した衛門が食い下がった。

「一目で怪しいとわかるような奴が衛門のおるところを通るわけないやろ。御所の塀は低いんやぞ、乗りこえたらすむやないか。第一、見ただけで怪しいかどうかわかるかいな」

近衛家から目を離さず、衛門が手を振った。

「そうかも知れへんけど、一応、役目の振りくらいはせなあかんやろ」

「してるがな。怪しい者《もん》が出てけえへんか、しっかりと見張ってるんや」

ふたたび衛門は注意したが、衛門は相手にしなかった。

「近衛はんの屋敷から怪しい者なんぞ出るかいな」

注意した衛門があきれた。

「出るわ。数日前に武家が二人と小者一人が入ったというやないか。近衛はんに用のある武家なんぞおるわけないわ」

衛門が反論した。

「むっ」

正論である。もう一人の衛門が詰まった。

「わたいのことはええやろ。おまはんは、おまはんの仕事をせんかい」

衛門が手を振った。

「…………」

注意する気をなくした衛門があきらめて、目を門のほうへと戻した。

「衛門の手当だけでは、息子に嫁も取れへん。娘の嫁入りにも備えたいし……」

己を納得させるように言いわけを口にしながら、衛門が近衛家の門を見つめた。

「……人が……あれか」

今出川御門の外ではなく内を気にしていた衛門が近衛家から人が出てくるのを見つけた。

「すまぬの」

近衛家の門番に開けてもらった礼を言いながら、吉良三郎義央の腹臣小林平八郎《こばやしへいはちろう》は外へ出た。

「…………」

小林平八郎が門を出たところで足を止め、周囲に目をやった。

「……一人か」

呟くように小林平八郎が見張りを確認した。

「露骨な」

身体ごとこちらを見ているといった衛門に小林平八郎が嘲笑を浮かべた。

「京はのんびりしておるわ」

小林平八郎が苦笑した。

「腕も話にならぬ」

主君を護るのが家臣の仕事である。小林平八郎は剣術を真剣に学び、その腕はかなりのものとなっている。そこに最近の騒動で何度か斬り合いを重ねたことで、道場剣術ではなくなっている。己より上か下かを見抜くくらいは容易であった。

「目が合っているにもかかわらず、そらそうともせぬ。よほど肚が据わっているのか……いや、あれは、こっちをものの数とも思っていないか」

小林平八郎が嘆息した。

「何様のつもりか」

一度見つめている衛門をにらみつけて、小林平八郎が屋敷へと戻った。

「……おはようございまする」

小林平八郎は、その足で吉良三郎のもとへ伺候した。

「ああ。早くから稽古《けいこ》か。なれば、吾も誘ってくれればよかった」

与えられた客室で暇を持て余していた三郎が、軽く文句を言った。

「いえ、少し周囲を見て参りました」

稽古ではないと小林平八郎が首を左右に振った。

「……そうか」

すぐに三郎はその意図を悟り、声を低くした。

「どうだった」

「朝廷が落ちぶれたのも無理はないかと」

たぶんにあきれをこめて、小林平八郎が報告した。

「衛門……ああ、門番か」

三郎が理解した。

「まあ、江戸も偉そうに言えた義理ではないが……」

「仰せの通りではございまするが、あそこまで愚かではございませぬ」

江戸にある大名家の門番もたるんでいた。泰平で屋敷へ襲いかかってくる者などいないし、用がある者は少なくとも前触れを出してくる。

また、今出川御門のように、大名家の門は開かれていない。江戸屋敷は一応出城という扱いを受けるため、当主やその一族、重臣あるいは来客などなければ閉じられている。

たしかに江戸城の諸門は、御所と同じく、夜明けから日暮れまで開いており、民でも通行はできるが、万一に備えて詰めている者の数が多い。基本、江戸城の諸門は幕府大番組か、三万石内外の外様大名が警固している。少なくとも数十人からの番士が控えていた。

「しっかり知られていると考えるべきか」

「若さまが吉良家の嫡男であるとは思ってもおりますまいが」

「どうかの」

そこへ近衛基熙が現れた。

「……………」

急ぎ小林平八郎が部屋の外へと下がって平伏した。

「どうぞ」

三郎も上座を譲って下座へと移る。

「固いの」

面白くなさそうな顔で近衛基熙が上座へ腰を下ろした。

「他人《ひと》目がございまする」

ちらと三郎が庭へ目をやった。

庭では、小者が竹箒《たけぼうき》を遣って掃除をしていた。

「……朝廷が駄目になったのもむべなしじゃな」

近衛基熙がため息を吐いた。

「どうしても武家は嫌われまするので」

朝廷を飾りにして、今の逼迫《ひっぱく》を招いたのは武家であった。もとは公家の荘園《しょうえん》を護る番人として雇われていながら、主がまず顔を出さないことをよいことに、少しずつ侵食、力を蓄えて、すべてを奪い去った。

「なにとぞ、ご威光を」

荘園を奪われた公家が天皇に泣きついたが、そのときにはもう朝廷は軍事を手放していた。数百もいない北面や西面の武士を出すことはできない。出せば、京が危うくなる。

「皇室領に手を出すなど」

やがてそれは天皇領にも及んだ。公家の荘園に嚙《か》みついても、朝廷が動かないとわかった武士たちは歯止めを失った。

結果、朝廷は貧した。それこそ天皇がその日の食い扶持《ぶち》に困るほどとなり、御所の塀は崩れ、庭は荒れた。

「お手伝いいたしまする」

まず織田信長が、役に立たなくなっている朝廷庇護の室町幕府の権威を失墜させるため、御所を整備し、奪われた朝廷の領を取り戻した。

「お任せあれ」

身分低き者から天下人になった豊臣秀吉が、官位と引き換えに朝廷を庇護した。

「徳川に従われるならば」

豊臣を倒し、江戸に幕府を開いた徳川家康は、禁中並公家諸法度を出して、朝廷を抑えこんだ。

これらのおかげで、天皇を始め、公家たちも飢えることはなくなったし、御所が荒れ果てることもなくなった。

その代わり、幕府の顔色を窺《うかが》わなければならなくなった。

「もともとは、朝廷が情けないのだがの」

近衛基熙が肩を落とした。

「そもそも神武《じんむ》帝の東征でも、敵を滅ぼし、その勢力を広げていった。天武《てんむ》帝にいたっては、甥《おい》の大友皇子《おおとものみこ》と争って皇位を手にされた。朝廷もまた血塗られた歴史によって綴《つづ》られてきたのだ。それを血は汚れだとか言い出した。御仏《みほとけ》の教えの殺生をするなというのが下手に解釈されたからだと麿は思っている」

「下手な解釈とは、また」

遠慮ない近衛基熙に三郎が驚いた。

「仏の説く殺生をするなというのは、不要に命を奪うなということであろう。人は生きていくには獣を殺し喰らわねばならぬからの。ああ、米を喰えというのは、米ができる土地を持っている者の言いぶんよ。海辺や山間となれば、米なんぞ穫《と》れまい。その代わりに獣、魚を獲る。これを殺生じゃと非難するのは違う。したいのならば、それらの民が狩りをせずとも、漁に出ずとも食べていけるだけのものを援助してやらねばなるまい」

「……まさに」

しっかりとした近衛基熙の考えに三郎が感嘆した。

「なにか、素直に喜べぬ気がするの」

じろっと近衛基熙が三郎をにらんだ。

「…………」

三郎が目をそらした。

「この無礼者めが」

笑いながら近衛基熙が叱った。

「お許しを、権中納言さま」

「ふふふ。よいものよな。こういった馬鹿ができることは」

微笑みながら手を突いた三郎に、近衛基熙が手を叩いて喜んだ。

「さて、話を戻そうか。殺生をはき違えた朝廷は、戦がなかったこともあって、軍を廃止した。大蔵の者たちは大喜びしたであろうな。軍は金を喰うからな」

「身を守る鎧《よろい》と相手を倒す矛を捨てて、身軽になった。よいことのように思えるが、そのじつは襲われても文句は言わないと宣したも同じ」

武士である三郎からすれば、とんでもないことであった。

「だが、それに気づかず、気づかされることなしに、代を重ねた。一代目の持っていた危惧は二代目で薄れ、三代目でなくなり、四代目で忘れ去られる。朝廷は武張ったことを下に見て、雅こそ至上と詩歌遊芸に身を費やした」

「舞で敵は倒せぬというに」

三郎もあきれるしかなかった。

「本来は自ら剣を手にして保護すべき荘園を、武士に預けた。ここに朝廷の衰退は始まった。ああ、もちろん押領した武士を認める気はないぞ。どう考えても盗人じゃ」

「言い返せませぬが、もう変わりませせぬぞ」

吉良の荘ももとは、公家の誰かの荘園であったのだ。三郎は武士が悪いことを認めたが、それを詫びる気はなかった。

「わかっておる。愚痴じゃ。それに麿はもともと近衛家を継げる身ではなく、成人前に興福寺《こうふくじ》あたりに入れられた要らぬ子だでの。ゆえに近衛が身分の割に薄禄だとは思うくらいで、別段不満はないわ」

近衛基煕が顔をゆがめた。

「坊主だったほうが楽だったかも知れませぬぞ」

「たしかにの。朝から晩まで経を読んでいればいいのだ。天下がどうなろうが、帝《みかど》がどなたになろうが、俗世を離れてしまえばかかわりない」

三郎の言葉に近衛基煕が同意した。

「だが、三食薄い粥《かゆ》と漬物、魚なんぞ生涯口にできぬ。腹一杯飯を喰らうこともない。酒は般若湯《はんにゃとう》とか夜分薬とか申して多少は呑めるようだがな」

近衛基煕が嫌そうな顔をしながら続けた。

「墨衣で生涯を過ごし、女人を腕《かいな》に抱けず、子をなすこともできぬ。のう、三郎、これではなんのために生まれてきたかわからぬではないか」

「肯定しにくいことを。僧侶《そうりょ》もこの世の平穏には必須《ひっす》でございまする」

断言した近衛基煕を三郎が制した。

「それはわかるが、磨でなくともよかろう。御仏に仕えたいと心から願っている者が僧侶になって、衆生を救えばよい」

「それはそうでございますな」

三郎がうなずいた。

「話がずれたの。どうやら、そなたらのことに気づかれたようじゃの」

近衛基熙が本題に戻った。

「はい」

小林平八郎の話を近衛基熙も聞いていたと三郎は悟った。

「なにかあるまでに、こちらも手を打たねばならぬが、あいにく朝廷は割れていて、まともな対応ができぬ。なんとか幕府の力を借りたいが、現状が正確に伝わらねばかえって面倒になる」

幕府は朝廷に介入する機会を狙っている。

近衛基熙が眉間《みけん》にしわを寄せた。

「父に連絡できれば……」

三郎も苦渋に満ちた顔をした。

大名や幕府役所以外で、京から江戸へ書状を出すとなれば、金を出して人を雇うか、家臣に命じるしかない。

「平八郎を離すわけにもいかぬ」

お忍びで京まできている三郎は、供として小林平八郎と小者の儀介《ぎすけ》の二人しか伴っていなかった。

儀介を使ってもいいが、武芸はからきしであり、途中でなにかあったときに対処のしようがない。

「検《あらた》める」

儀介は士分ではないし、吉良家の奉公人だということを証明するものも持っていないのだ。箱根《はこね》の関所などで止められて、検めを拒むことはできなかった。

「この者、当家の奉公人であり、江戸へ急ぎの用これありにつき、便宜をはかられたし」

三郎が一筆書けばすむが、それを関所の役人に見せるのはまずい。それは江戸にいるはずの三郎が、じつは京にいるという証拠になってしまう。

「しかし、ことが皇統にかかわる。できるだけ早く父に報せたいが。やはり一度戻るか」

当初、三郎はすぐに京を離れるつもりでいた。

「数日なんとかせい。その間にもっと詳しい状況をその身で知るべきじゃ」

慌てる三郎を近衛基熙が止めた。

「一度帰ると、当分上洛できまい」

「たしかに」

部屋住みの身ではあるが、すでに官位ももらって登城もしている。一度や二度は、病だとか当主になるための修業として国元を視察するという理由で江戸を離れることはできるが、やはり手続きは面倒になるし、あまり回数を重ねると周囲の疑義を招くことになりかねなかった。

「ことだけでも報せておきたい」

といって小林平八郎を手放せば、三郎の身を守る者はいなくなる。

高家は武家の鑑《かがみ》となるべしという父義冬の考えもあり、三郎は剣術や弓術、馬術の稽古を早くからおこなっているが、いったところで殿様芸の域を出ていない。

さすがに剣術だけは、師匠が厳しいので形になってはいるが、多数の敵に囲まれて無双ができるわけではなく、小林平八郎の援護が精一杯であった。

「相仕《あいし》を使うか」

ふと思いついたように近衛基熙が言った。

「……相仕とは」

初めて聞く言葉に、三郎が首をかしげた。

「江戸、大坂、京に支店《しみせ》を持っている大店《おおだな》や、それぞれに取引先を持っている商家が、連絡を取り合うために使っているものよ。足の速い男をそれぞれに置いて、手紙やちょっとした商品などを運ばせるのよ。といったところで、麿もようは知らんがの」

近衛基煕が告げた。

「信用は……」

「できるぞ。もし、近衛に出入りしておりながら、裏切るようなまねをいたせば、店はまちがいなく潰れるからな」

「なるほど」

京における近衛家とは、江戸における御三家のようなものだ。御三家出入りの商人が何かしでかせば、どうなるかなど言うまでもなかった。

「そう願うか」

「月に一度は江戸と京を行き来していると聞いたことがある。時期が悪ければ、ちょっと待つことになるが」

「ちょっとで一ヵ月はどうなのだ」

近衛基煕の感覚に三郎があきれた。

「たかが一月《ひとつき》ではないか。武家はせっかちでいかぬ」

「そのあたりはついていけぬ。朝廷のもめ事だろう。早めの対処が要るからこそ、吾が上洛したのだが……」

三郎がため息を吐いた。

「そうであったな。いや、もう三郎が来てくれたゆえ、解決した気になっておった」

「なにを無茶な」

「というのは冗談よ。まあ、まんざらではないがの」

安心した顔を見せる近衛基煕に三郎が、先ほどより大きなため息を吐いた。

近衛基煕が表情を引き締めた。

「それに愚か者がうごめきだしたようじゃしの」

近衛基煕が口の端を吊《つ》りあげた。

「吾を餌に使ったか」

「褒賞は前渡ししただろう」

不満そうな三郎に、近衛基煕が告げた。

「従四位か」

「いや、侍従よ」

近衛基煕が首を横に振った。

「侍従が……」

三郎が怪訝な顔をした。

「侍従の意味を知っておるか。どうも幕府の連中は、侍従といえば従四位につきものだと思っておるが、本称がまへつきみ、そう、前つ君、主上の前にあって盾となる者のことだ。そのため、宮中での帯剣も認められている」

「……まさか」

話す近衛基熙に三郎が息を呑《の》んだ。

「昇殿できるぞ、よかったの三郎」

近衛基熙がにやりと笑った。

第二章　若き二人

一

毛利長門守綱広《もうりながとのかみつなひろ》は、これ以上ないというくらいに不機嫌であった。

「従四位下《じゅしいのげ》だと……」

秋の除目《じもく》で三郎《さぶろう》が嫡子身分のまま、従四位下という高官に補されたことが気に入らなかった。

「嫡子が任官することはままあるが……」

御三家、越前松平《えちぜんまつだいら》家など将軍家に近い係累、前田《まえだ》、島津《しまづ》、伊達《だて》などの外様《とざま》大大名がそうだ。将軍家への目通りで面目を施すことができれば、その他の大名、旗本でも許されることはある。

ただ毛利長門守は、嫡子任官をしていなかった。というのは、元服前に父秀就《ひでなり》が死去したため、家督相続と将軍家お目見えが同時になったからであった。

「それにしてもたかが四千石の旗本のせがれが、従四位下など……」

毛利長門守が手にしていた杯を床に叩きつけた。

「気に入らぬ」

戦国乱世だったとはいえ、毛利家を一国人から、十カ国の太守にまで一代で引きあげた稀代《きたい》の名将毛利元就《もとなり》を高祖父に持つ長門守の矜持《きょうじ》は高い。

「系譜を徳川《とくがわ》に売ることで、拾いあげてもらった過去の遺物にすぎぬ吉良《きら》が、それも当主でさえない子が余より高位など許せるか。のう、木工《もっこう》」

長門守が側に控える近習《きんじゅ》へ話しかけた。

「仰せの通りでございまする。万一、そのようなお話が出たとしても、他の方こそふさわしいと遠慮するのが筋というもの」

「であるの。朝廷への功厚き毛利家こそ、従四位、いや三位《さんみ》とすべきである」

思うとおりのことを口にした家臣に、毛利長門守が満足げな顔をした。

「身の程を教えてやるべきだな」

「…………」

さすがに寵臣《ちょうしん》といえども、それに同意はできなかった。

「瀬木《せき》衆の残りはどうしている」

毛利長門守が木工に問うた。

「……瀬木は、瀬木はすでにおりませぬ」

木工が答えた。

「江戸《えど》におらぬだと。ならば国元から呼び寄せよ」

「いえ……」

毛利長門守の指示に、木工が言いにくそうにした。

「どういたした。国元におる瀬木衆を呼べと申したのだ」

寵臣の様子に、毛利長門守が怪訝《けげん》な顔をしつつ、再度命じた。

「それが、その」

「はっきりせぬか」

困惑している木工を毛利長門守が叱った。

「瀬木衆はもうございませぬ」

「ない……どういうことだ」

木工の答えに、毛利長門守が戸惑った。

「逃げ出しましてございまする」

「……逃げただと、それは欠け落ちたということか」

毛利長門守が確かめた。

「はい。二年前くらいになりましょうか、突然瀬木衆が消え失《う》せましてございまする」

主君の顔から目を背けながら、木工が伝えた。

「…………」

毛利長門守が固まった。

「……殿」

「もう一度申せ」

「なにか」

余りに小声過ぎて聞こえなかったらしい木工が聞き直した。

「ええい、もう一度申せと言ったのだ」

毛利長門守が怒鳴った。

「ひっ」

主君の怒声ほど家臣にとって怖《おそ》ろしいものはなかった。主君を怒らせた後には、かならずなんらかの咎《とが》めが付くからである。

「瀬木衆が欠け落ちたのだな」

「……は、はい。そのように国元から……」

にらみつけられた木工が、目を逸した。

「福原《ふくはら》を呼べ」

「た、ただちに」

江戸家老《がろう》をここへと命じた毛利長門守に、好機とばかり木工が御前から逃げ出した。

「……お召しでございまするか」

面倒だというのを隠そうともせず、江戸家老の福原が伺候した。

「瀬木衆がいなくなったというのは、まことか」

「まことでございまする」

福原が毛利長門守の怒りを無視して、淡々と答えた。

「なぜじゃ」

「言わねばなりませぬか」

辟易《へきえき》といった顔で福原が問うた。

「申せ」

「殿のお扱いに瀬木衆が絶望した結果でございまする」

命じた毛利長門守に福原が告げた。

「余のせいだと」

「はい」

あっさりと福原が認めた。

「役立たずを役立たずと言って、なにが悪い」

「任をさせて失敗したからと、禄《ろく》を取りあげるなど主君のなさることではございませぬ」

「役立たずに禄を払えるか。毛利にそのような余裕はない」

毛利長門守が反論した。

「禄がもらえないならば、仕える意味はございませぬな。ご恩がないのでございますから」

ただ働きなんぞ、誰もしないと福原が述べた。

「忍風情を家臣として召し抱えてやった恩を忘れおって」

震えながら毛利長門守が怒りを露《あら》わにした。

瀬木衆は本来世鬼《せき》忍と呼ばれていた。安芸《あき》国と伯耆《ほうき》国の境に近い山間に郷を作り、忍働きをしていた。その世鬼忍に目を付けたのが、戦国の梟雄《きょうゆう》の一人である毛利元就であった。

「厳島《いつくしま》へ誘いこめ」

「村上《むらかみ》水軍との繋《つな》ぎを」

毛利が飛躍した戦いには、かならず世鬼の影があると言われるほど功績をあげたが、忍の評価は、功のわりに驚くほど低い。どころか評価さえされない。

これは正々堂々と名乗りをあげて、自らの武を競う武士たちが天下を争っていることによる。闇に潜み、世を忍んで後ろから刺す、食いものに毒を混ぜる忍を卑怯《ひきょう》者、日の光のもとに姿を見せられぬ肚《はら》なしと忍は武士から数段下として見られている。

ようはいつ己が殺される羽目になるかという恐怖の裏返しでしかないのだが、それが世間の見方でもあった。

これればかりは名将、謀将、知将という名前をほしいままにした毛利元就も変わらず、世鬼忍の扱いは悪かった。

そして、それは毛利の家風になった。隆元《たかもと》、輝元、秀就と三代にわたって毛利家は世鬼忍を藩内に組みこんだが、そこまでであった。

世鬼を瀬木衆と変えて毛利藩士となったが、禄は少なく身分も低い。

その扱いの悪い瀬木衆に、毛利長門守は三郎の謀殺、近衛基熙《このえもとひろ》の捕縛を命じた。

「直接近衛さまに除目《じもく》での昇爵をお願いする」

毛利長門守は、従四位下侍従《じじゅう》兼大膳大夫《だいぜんだいぶ》という官位を望んでいた。しかし、それは認められていなかった。

「元就公の直系」

毛利長門守にとって、偉大な高祖父と同じになることこそ願いである。

大名、旗本の官位は、幕府を通じて願い出るという決まりがあるとはいえ、先祖の名乗りや由来のある官名は配慮される。だからこそ、越前守が数人いたりするのだ。

普通にいけば、そう遠くない未来に毛利長門守の願う官位は与えられる。その決まりを毛利は無視しようとしていた。

「よしなに願いまする」

形だけになっているとはいえ、除目は朝廷の専権事項になる。それを毛利長門守は偶然江戸へ下向していることを知った近衛基熙を拉致、願いという名前の強制を使って、欲しいがままにするつもりであった。

「お連れせよ」

近衛基熙を誘拐してこいと命じられたのが、瀬木衆であった。

もちろん、瀬木衆では身分が低すぎ、近衛基熙と話をすることも難しいと、毛利長門守は、寵臣を同行させていた。

だが、それは三郎と小林平八郎《こばやしへいはちろう》によって阻害された。

寵臣の一部は逃げ帰り、瀬木衆は帰還しなかった。

「我らの指示に従わず、勝手な行動を重ねて、全滅いたしましてございまする」

失敗を瀬木衆に押しつけた寵臣たちの言葉を毛利長門守は信じた。

「放っておけ」

一度三郎たちを襲ってしくじったことへの罪滅ぼしをしろと瀬木衆を煽《あお》った毛利長門守は、そこで興味を失っていた。

「ぶ、無礼な者どもじゃ」

ようやく事態を把握した毛利長門守が激怒した。

家臣が逃げ出すことほど、主君にとっての恥はなかった。

「仕えるに値しない」

「某どのが上じゃ」

「ここにいては先がない」

どのような理由であろうとも、毛利長門守が見限られたことには違いない。

「瀬木どもを死罪にせよ」

「逃げてどこへいったかわかりませぬ。無理でございまする」

毛利長門守の指図に福原は首を横に振った。

「上意討ちを出せ」

重ねて毛利長門守が、瀬木衆を咎めろと言った。

「今さらでございますか。もう、どこに行ったかを調べる術《すべ》さえございませぬぞ」

福原が遅すぎるとあきれた。

「なぜ報《しら》せてこなかった。すぐに申せば、捕まえられたであろうが」

怒りの矛先が福原へと向かった。

「ご報告申しあげました」

「聞いておらぬわ」

「書付を差し上げましたが」

報告はなかったと苦情を言った毛利長門守に、福原が嘆息した。

「書付だと。なぜ、口頭で報告しなかった」

「うるさいゆえ、書きもので出せと仰せられたのは殿でございますが」

叱りつけてきた毛利長門守に福原が感情の籠《こ》もらない声で答えた。

藩主の仕事は、家老からあげられてくる政などの報告を受け、それを認めるかどうかの判断をすることである。

「そなたの面を見せるな、うっとうしいわ」

諫言《かんげん》ばかりする江戸家老を毛利長門守は厭《いと》い、目通りの要求をほとんど無視するようになった。結果、すべてが書付となって届けられるようになっていた。

「ご覧いただいたはずでございまするが」

「…………」

毛利長門守が黙った。

「よろしゅうございまするか」

もう下がっても良いかと福原が求めた。

「…………」

無言で毛利長門守が手を振った。

「では、これにて」

福原が手を突いて一礼した。

「これ以上のお手出しはご無用に願いまする」

もう吉良家とのもめ事は止めてくれと、福原が釘《くぎ》を刺して、席を立った。

二

一人になった毛利長門守が、歯がみをした。

「思いあがりおって……家老だなどと申したところで、家臣であろうが。その家臣が主君を軽く扱うなど……」

すでに杯は投げ捨ててしまっている。酒を呑《の》もうにも器はない。

「…………」

苛立《いらだ》った毛利長門守が膳《ぜん》を蹴飛《けと》ばした。

「誰ぞ、ある」

「これにっ」

主君の機嫌が悪いときほど、迅速に対応しなければならない。当番の近習が駆けこむようにして顔を出した。

「酒じゃ。新たな酒を持て」

「はっ」

急いで近習が台所へと向かおうとした。

「木工を呼べ」

福原を呼びにいったまま戻って来ていない寵臣を探してこいと、毛利長門守が付けくわえた。

「はっ」

近習が今度こそ駆けだした。

「なにをしている住田《すみだ》氏、殿がお召しでござる」

機嫌の悪い主君の相手をさせられた近習が木工を見つけ、不機嫌な声で伝えた。

「……わかった。ただちに参る」

木工がため息を吐いた。

寵臣というのは、主君の側にいてこそ意味がある。主君の考えや思いを察知し先回りする他に、その機嫌を取るという役目がある。

これができれば寵愛《ちょうあい》はより深くなり、望外の出世もできる。

その代わり、しくじれば、他の家臣よりも厳しい扱いをされた。

「あれだけかわいがってやったのに」

「役立たずが」

好意の裏返しは憎悪になる。

寵臣の失敗は笑って許されるか、重い咎めを受けるかのどちらかになった。

そして、木工の前に毛利長門守の寵臣だった者は、近衛基熙の拐《かど》かしにしくじって逃げ帰ったことで不興を買い、役目を剝奪《はくだつ》、家禄を大きく減じられたうえ、国元へ返されている。

住田木工もそれを見ていたのだ。主君の機嫌が悪いときは近づきたくない。

しかし、寵臣は他の家臣から嫌われやすいため、讒言《ざんげん》されることも少なくはない。

「御前を避けてる」

「嫌がっている」

などの悪口を毛利長門守の耳に入れられでもすれば、それで終わりになることもある。住田木工は小走りにして、お呼びを待っていたとばかりの姿勢で、毛利長門守のもとへ向かった。

「殿、お召しをいただきありがとう存じまする」

なにか言われる前に、住田木工が感謝の意を示した。

「……う、うむ。近う寄れ」

怒鳴りつけようと待ちかまえていた毛利長門守が機先を制された形になった。

「そなた、いつから知っていた」

それでも毛利長門守は訊《き》かずにおれなかった。

「瀬木衆のことでございまするか」

「そうじゃ」

確かめた住田木工に毛利長門守がうなずいた。

「一年ほど前でございまする」

逃げてすぐに知っていたとは言えない。

「なぜ、余に報せなんだ」

「瀬木などという小者同然の者どものことで、殿をお煩わせするのはいかがなものかと思いまして」

瀬木衆を貶《おとし》め、毛利長門守を持ちあげることで、住田木工が言いわけした。

「小者か……」

「はい。中間《ちゅうげん》や小者がいなくなったからと、一々殿のお耳には入れませぬ。瀬木も同じだと考えましてございまする」

「ふむ。たしかにそうじゃな。気にするほどの者ではないわ」

毛利長門守の機嫌が上向いた。

「膳をお持ちいたしましてございまする」

様子を見ていたらしい近習が、合わせるように酒と肴《さかな》を持ちこんできた。

「お召し上がりを」

住田木工が、瓶子《へいし》を手にして、毛利長門守に勧めた。

「よし」

毛利長門守が杯を取った。

「…………」

注がれた酒を毛利長門守が呑んだ。

「ふうう」

毛利長門守が大きく息を吐いた。

「木工、そなた、余のために死ねるか」

「情けなきことをお訊きでございまする。どうぞ、木工、死ねと仰せくださいませ」

住田木工が両手を突いて、応じた。

「そう申してくれるか」

毛利長門守が喜んだ。

「のう、木工。今、毛利にどれほど余のために死んでくれる者はおろうか」

言った毛利長門守が情けない顔を見せた。

「家臣一同、ご馬前で討ち死にすることを望んでおりまする」

「……偽りを申すな。少なくとも江戸家老福原は違うであろう」

追従を述べた住田木工に、毛利長門守が目つきを厳しくした。

「……………」

住田木工がつごう悪い顔になった。

「毛利のこの体たらくは、なぜじゃ」

「……………」

毛利長門守に問いかけられた住田木工が戸惑った。

「かの織田信長《おだのぶなが》公を相手どって、堂々とわたり合った毛利が、なぜ今三十万石ていどで長州《ちょうしゅう》の片隅に逼塞《ひっそく》せねばならなくなった」

「……関ヶ原《せきがはら》で負けたからでございましょうか」

さすがに二回問われて黙っているのは無礼になる。住田木工が毛利長門守のせいにならぬように気遣って答えた。

「関ヶ原で負けたのはどうしてじゃ」

「それは小早川《こばやかわ》と吉川《きっかわ》の裏切りでございまする」

毛利長門守が関ヶ原で徳川家康《いえやす》と密約を交わし戦への参加を邪魔した吉川を嫌っていると知っている住田木工がはっきりと言った。

「それもある。だが、それ以上に大きな原因があるわ」

気づいていないとは情けないと、毛利長門守が首を横に振った。

「もっと大きなことが……」

住田木工が困惑した。

「吉良じゃ、吉良」

「……吉良でございまするか」

はてと住田木工が首を大いにかしげた。

「わからぬとはの」

毛利長門守が精一杯のため息を吐いた。

「申しわけございませぬ。畏《おそ》れ入りまするが、ご教示をいただきたく」

詫《わ》びてから住田木工が願った。

「なぜ、徳川に多くの大名が従った」

「それは神君《しんくん》の……」

「徳川ごときの始祖が神君などおこがましいわ」

言いかけた住田木工を毛利長門守が遮った。

「と、徳川家康が強い武将であったからでございましょう」

幕府の直参に、陪臣が徳川家康を呼び捨てにしたと聞かれでもしたら、刃傷沙汰《にんじょうざた》は避けきれない。少し、逡巡《しゅんじゅん》しながら住田木工が述べた。

「家康が強かっただと、笑わせるな。武田《たけだ》信玄《しんげん》に攻められて、便を漏らして逃げ回った話は有名だぞ」

「三方原《みかたがはら》でございますか」

戦話は武士のたしなみでもある。戦場が遠い泰平の時代とはいえ、武士たる者、先人の話を聞いて、戦場に思いをはせるのが義務であった。

三方原とは、武田信玄が将軍足利義昭《あしかがよしあき》の要請に応じて上洛《じょうらく》するとき、途上に立ちはだかった徳川家康と織田信長の連合軍を一蹴《いっしゅう》した合戦である。

この敗戦で徳川家康は恐怖の余り、脱糞《だっぷん》したといわれていた。

「そうじゃ。我が祖毛利元就公は、十倍をこえる敵陶晴賢《すえはるかた》を怖れることなく厳島の戦いで破り、一気にその勢力を増大された。やはり格が違う」

尊敬する毛利元就のことを言うとき、毛利長門守は陶酔した表情になる。

「では、なぜ徳川家康のもとに将たちが集まったのでございまする」

住田木工が尋ねた。

「源氏《げんじ》の血よ」

「武家の棟梁《とうりょう》、征夷大将軍《せいいたいしょうぐん》になれるのは源氏だけ」

毛利長門守の答えに、住田木工が口にした。

「そうじゃ。織田信長公は平氏《へいし》、豊臣秀吉《とよとみひでよし》公は豊臣、どちらも源氏ではない。ゆえに武家の崇敬は集まらなかった。もし、お二人のどちらかが源氏であられたなら、徳川の台頭はなかったはずじゃ」

「大義名分……」

住田木工が気づいた。

「そうよ。武士にとって源氏こそ寄る辺。平氏は武の出ながら、天下を取って公家になってしまった。雅に重きをおき、天皇家の外戚《がいせき》として力を振るった。後醍醐《ごだいご》帝も同じく、北条《ほうじょう》氏に乗っ取られた幕府を潰《つぶ》すまではよかったが、その後、公家を重用し武家を粗略に扱った」

　毛利長門守が乾いた舌を酒で湿した。

「平氏を倒したのは源頼朝《みなもとのよりとも》、後醍醐帝を京《きょう》より追ったのは足利尊氏《たかうじ》、どちらも源氏じゃ。そしてどちらも幕府を開き、武家の天下を営んだ。つまり、武家にとって、源氏こそ庇護《ひご》者たるのだ」

「仰せの通りでございまする」

　住田木工が納得した。

「さて、木工。そなた徳川が源氏でなかったということを存じておるか」

「存じませぬ……まさか」

　言われた住田木工が息を吞んだ。

「そうよ、徳川は源氏ではなく、藤原《ふじわら》氏を称していた。そして、その前は賀茂《かも》氏じゃ」

「源氏ではない」

　住田木工が啞然《あぜん》とした。

「最初賀茂氏でありながら、戦国大名となったときに源氏を名乗った。しかし、三《み》河《かわ》守は源氏に許された前例がないことから、藤原氏となり、その後もう一度源氏になっている。問題はこのときじゃ」

毛利長門守が嫌そうに頰をゆがめた。

「世良田《せらだ》源氏の末とかいう与太話は三河一国なら通じただろうが、そんなていどでよければ、源氏なんぞ掃いて捨てるほどいる」

たしかに武家というのは、源氏あるいは平氏にその祖を求めることが多かった。

「しかし、それでは天下に源氏だと誇れまい」

源氏というのは、臣籍降下した皇族に与えられた姓で、嵯峨《さが》源氏をはじめ、清和《せいわ》源氏、宇多《うだ》源氏、村上《むらかみ》源氏などかなりある。その子孫、末葉までいれれば、どれほどの源氏がいるかわからない。なかには、妻の実家が源氏だからと名乗っている者もいる。酷いやつになると、主君を滅ぼして源氏の名乗りを奪った者もいた。

さすがにそのあたりの源氏となると、天下の名族がその下に付くのは厳しい。

「それでは都合が悪いと思ったのだろうな、家康は名門源氏の筆頭である吉良の系譜に名を加えさせた。さすがに滅ぼした今川《いまがわ》は避けたのだろう」

今川は足利源氏の一門で、将軍を出すこともできるほどの名門であった。ただ、その今川家は治部大輔義元《じぶのたゆうよしもと》が桶狭間《おけはざま》で織田信長によって討たれて以後、その領国を徳川家康によって奪われ、勢力を失ったところへ武田信玄の盟約破りで滅んだ。直接の原因とまではいわないが、徳川家康が今川衰退に大きな役目を果たしたのはまちがいなかった。

「吉良は関ヶ原の合戦で活躍したことで、旗本に取り立てられたと聞きましたが」

毛利と吉良はここ最近、いろいろと軋轢《あつれき》があった。そのことで、吉良のことを藩士たちもよく知っていた。

「領地も失い、放浪していたに近い吉良に、戦で活躍できるほどの仕度ができるものか」

毛利長門守が嘲笑《ちょうしょう》した。

「家系を売った褒美」

「であろう。高家《こうけ》だというのもそのおかげじゃ。吉良は名門だと天下に示さないと、徳川は源氏のなかでも出色だと言えまい」

「むううう」

住田木工が唸《うな》った。

「わかったか。毛利が三十万石まで減らされ、江戸城で徳川に頭を下げなければならなくなったのは、吉良のせいじゃ」

「わかりましてございまする」

毛利長門守の詭弁《きべん》を住田木工が受け入れた。

「吉良を残しておいては、元就公に顔向けができぬ」

「はい」

家臣にとって主君は絶対である。住田木工が首肯した。

「世鬼などという譜代でもない者どもを使うゆえに、しくじったのだ。やはり、信頼のおける、家のために死ねる譜代の者でなければ、ことはなせぬ」

「まことに」

住田木工が同意した。

「では、我らが吉良を討ち果たしましょうぞ」

「その意気やよし」

強く毛利長門守が住田木工の反応を賞賛した。

「されど、それはまずい。すでに幕府は、当家と吉良の確執を知っている。今左近《さこん》衛少将《えのしょうしょう》、あるいは上野介《こうずけのすけ》になにかあれば、毛利が疑われる」

「では、このまま黙って辛抱すると」

住田木工が不満そうに言った。

「力尽くはまずいというだけだ。吉良ごとき、力を使わずとも潰せよう」

「おおっ」

毛利長門守の言葉に住田木工が歓喜の声をあげた。

「そのためには、吉良をもっと知らねばならぬ。木工、そなたが中心となり、吉良の内幕を探り出せ」

「はっ」

住田木工が頭《こうべ》を垂れた。

三

会いたいと言ってすぐにどうにかなるほど、天皇は軽くなかった。そればかりは、いかに五摂家《ごせっけ》筆頭の近衛基熙でもできなかった。

「やはり、一度江戸へ」

三郎は江戸へ戻ると近衛基熙に告げた。

「まあ、待て。今、手立てを講じておる」

近衛基熙が止めた。

「手立てを……」

「明日にはわかる。せっかく京まできたのだ。今日一日、洛中《らくちゅう》を見学してきてはどうだ。鹿苑寺《ろくおんじ》や南禅寺《なんぜんじ》、清水寺《きよみずでら》など見所があるぞ」

首をかしげた三郎に近衛基熙が勧めた。

「物見遊山はさすがにまずかろう」

三郎があきれた。

「することもないのに、籠もっているだけではときの無駄遣いだぞ。見られるときに見る。それはとても有意義である。麿《まろ》はそれを東海道《とうかいどう》の往復で痛感した」

近衛基熙が力説した。

「それにな。京は奈良ほどではないが、寺の影響も強い。寺がどのようなものかを見ておくのも、いずれ役に立つ」

「ふむ」

言われた三郎が興味を見せた。

「ついでに囮《おとり》になってくれぬか」

「囮か。見張っている連中を、屋敷から引き離せと」

三郎が近衛基熙の要求を理解した。

「そうしてもらうと、江戸へ連絡する手立てに気付かれずにすむかも知れぬ」

にやりと近衛基煕が口の端をゆがめた。

「無茶なことを」

襲われてこいといわれているようなものである。三郎が首を横に振った。

「三郎たちの腕ならば、敵にもなるまい。せいぜい、衛門《えもん》か検非違使《けびいし》の下っ端だぞ。一応武門ではあるが、内職で喰《く》うに必死で、剣術の練習などしておらぬ」

「無頼くらいは京にもおるだろう。そやつらのなかには、それなりに遣う者がいる」

「その懸念は無用じゃ」

笑いながら近衛基煕が手を振った。

「なぜ……」

「公家は金を出さぬ」

怪訝そうな顔をした三郎に、近衛基煕が答えた。

「武家に寄生することで生きているようなものなのだぞ。余分な金などないわ。そもそも五摂家でさえ、吉良に届かぬ薄禄だからな」

五摂家でさえ、千五百石から三千石の間なのだ。当然、それ以下の公家たちの家禄など知れている。従六位下ともなると数百石あるかなしかになってくる。武家で従六位となれば寄合《よりあい》以上の旗本、数万石までの大名、大大名家の嫡子がもらえる、かなり名誉なものになった。

もちろん、律令《りつりょう》のなかと令外《りょうげ》の官位はまったくの別物ではある。

「金がない……か。当家も同じだぞ。装束の代金も領地の庄屋に命じて、なんとか捻出《ねんしゅつ》したくらいだからな」

三郎も苦笑した。

「今、金のあるのは商人だけじゃの」

近衛基熙も苦く頬をゆがめた。

「わかった。では、少し洛中を見学させてもらう」

「ああ。暗くなる前には戻ってくれよ」

「承知」

近衛基熙の念押しに三郎は首肯した。


「おい、あれ」

今出川御門《いまでがわごもん》を警固している衛門の一人が、近衛屋敷を出てくる三郎たちに気付いた。

「ああ、江戸から来た武家やな。顔に見覚えがないわ」

話しかけられた衛門もうなずいた。

今出川御門の門番ともいうべき衛門たちは、門を入ったところにある近衛屋敷に出入りする者を見てきている。

他国の者に代々痛い思いをさせられてきた京の者は、見慣れない顔を警戒するのが習い性となっている。

「来るぞ」

「おう」

三郎と小林平八郎が、今出川御門を通過していくのを、衛門たちは咎めることもなく見送った。

「お知らせしてくるよって、おはんは」

「どこへ行くかを見届けるんやな」

二人の衛門が役目を確認しあった。

「少し、頼むで」

衛門は四人、その頭が一人の五人で任をこなす。もちろん、門のすぐ内側にある番小屋には、控えの者も詰めている。二人がその場を外すくらいで、役目がおろそかになることはなかった。

「ええんか。あんまり弾正《だんじょう》はんに肩入れせんほうがええと思うで」

歳嵩《としかさ》の衛門が忠告した。

「位上《くらいうえ》やで。逆らうわけにもいかへんやろ」

「そんなもん、従っている振りですむやないか」

首を横に振った同僚に歳嵩の衛門が告げた。

「ばれたら叱られるやろ。それにうまいことといったら、引きあげてくれるちゅうしな」

「引きあげ……なににしてくれると」

「大尉《だいじょう》や」

歳嵩に問われた衛門が答えた。

衛門は、衛門府に属する下級官吏で、八位　少志《しょうさかん》と呼ばれている。頭分が大志《だいさかん》であり、まさに公家と呼ぶのもおこがましい立場でしかなかった。それに対し、同じ衛門府の役人とはいえ、少尉《しょうじょう》ともなると七位にあがる。

「大尉か。ううん」

歳嵩の衛門が難しい顔をした。

「たしかに出世には違いないけど、実入りはそんなに増えへんなあ」

「……しゃあけど、嫁の格があがる」

初位や八位なんぞ、妻を娶《めと》るといったところで、同僚同士になることが多い。しかし、七位とくれば、諸藩の家老職や幕府役人の家から娶ることもできる。うまくいけば、名前とか格式の欲しい豪商から迎えることもあり得た。

「おまはんとこやったら、嫁はもう遅いやろうけど、娘の嫁入り先がようなるで。近江屋《おうみや》とか、山城屋《やましろや》とか、あの辺やったら公家の娘を喜んで迎えてくれるわ」

「近江屋と山城屋かあ。金満なとこやなあ」

裕福な商家の名前に歳嵩の衛門が悩んだ。

「その辺に娘をやれたら、ずっと安楽やで」

報告にいこうとしている衛門がそそのかした。

人というのは食うに困らなくなると、贅沢《ぜいたく》をしたくなる。その贅沢の一つに名誉があった。

「一代で財を築きあげた出色の人物」

最初はこれで満足しているが、ふとこの称賛のもろさに気付く。

「一代……儂《わし》が死んだらそれで消える」

商人には、二代目、三代目と代を重ねていけるかという不安がある。

一人で作った財は、一人で崩壊する。

子孫の誰かが、商才がない、あるいは浪費癖がある、博打《ばくち》にはまる、女に溺《おぼ》れるなど、なにか一つでも瑕疵《かし》を持っていれば、そこで暖簾《のれん》は途切れてしまう。

「なんとかして、儂の血を続けていきたい。それも名誉ある一族として」

金に困らなくなると、ほとんどの商人がこう考える。

「……公家になるか」

その結論がこれであった。

公家はまず潰れなかった。途絶えた家はあるが、そのほとんどは跡継ぎがいなかったことによるもので、復活させるだけの余力が親戚《しんせき》筋にないからで、罪科で絶家となった例は少ない。

たしかに商人と縁を結ぼうと考えるような下級公家は貧しいが、援助を条件にすれば十二分な見返りを受けられる。

「卑しい商人と縁を……」

多少の陰口は叩かれても、

「ご紹介いただきたいでおじゃる」

「少しご融通を願えれば……」

すり寄ってくる者の方が多い。

「白米が食えるぞ」

「ま、毎日か」

ささやきに歳嵩の衛門が揺らいだ。

麦飯でも、粥《かゆ》にしないと駄目なくらい衛門の生活は苦しい。

「いつでも声をかけてくれてよいぞ。卿《けい》に目通りのな」

もう一度誘いを掛けて、衛門が報告のために今出川御門を離れていった。

「どないすんねん」

残された衛門が歳嵩の衛門に問うた。

「いくわけないやろ」

歳嵩の衛門が表情を一変した。

「わたいらみたいな、いてるかいてへんか誰も気にせんような下っ端に声かけるのでさえおかしいやろ。しかも出世が餌や。家の格でどこまで上がれるかのぎりぎりをちょいこえたところなんぞ、怪しすぎるわ」

「やっぱりそうか」

もう一人の衛門が残念そうにため息を吐いた。

「いっそのこと、衛門佐《えもんのすけ》にしてやるとか、百両くれるとかのほうがましや」

「そんなもん、欺《だま》しに決まってるがな。衛門佐いうたら従五位やし、百両あったら十年は喰える。夢過ぎるわ」

歳嵩の衛門の口にした条件に、もう一人の衛門があきれた。

「何十代と門番続けてきたんや。夢なんぞ見とうても見られへんかったや。一回くらい夢見てもええやろ。わたいもそろそろ隠居やしなあ。息子に代を譲る前に、賭《か》けてみたいがな」

「届かん夢かあ。届かへんから夢なんやけどなあ」

「あいつが見るんは、悪夢やけどな」

「悪夢かあ、夢見られてるだけうらやましいと思わんでもないけど、無茶さえせえへんかったら、子々孫々まで衛門少志を続けられるか」

「夢は寝床のなかでええがな。寝床のなかやったら、どんな美姫《びき》も腹一杯の飯も天下の銘酒も独り占めや」

「三刻《とき》（約六時間）ほどで醒《さ》めるけどな」

歳嵩の衛門の話にもう一人の衛門が頬を緩めた。

「夢なあ」

二人の衛門が遠くを見つめた。

四

千年の都といったところで、京は狭い。洛中にいたっては、さらに小さい。武芸の鍛錬を重ねてきた三郎たちは健脚であり、御所から鹿苑寺、通称金閣寺《きんかくじ》までさほどの手間もなく着いた。

「これが足利義満《よしみつ》公が造られたという鹿苑寺か」

生まれて初めて見る金箔《きんぱく》張りの舎利殿に三郎も驚きを禁じ得なかった。

「ま、まことに荘厳でございまする」

さすがの小林平八郎も息を呑んだ。

「まさに百聞は一見にしかずじゃの。噂で聞く数倍は上じゃ。なんといっても池に映る逆さ舎利殿がたまらぬの。これほどのものを、どうやって話で伝えられるであろうか」

「無理でございましょう。江戸城を知らぬ者に、その大きさを口でわからせるのと同じかと」

三郎の感激に小林平八郎も同意した。

「それにしても……これだけのものを将軍だったとはいえ、武家が都に建てた。どれほどの金がかかったのか」

「費用でございますか。とてつもない嵩であったことでございましょう」

感嘆する三郎に、小林平八郎が首を横に振った。

「御上にできるか」

「それはっ」

声を潜めて訊いた三郎に、小林平八郎が驚愕《きょうがく》した。

「三代さままでならば、どうにかなったであろう。だが、今の御上には……」

「お手伝い普請をさせればできましょう」

嘆息した三郎に、小林平八郎が告げた。

お手伝い普請とは、幕府が大名に命じて、江戸城の修復や寛永寺《かんえいじ》の増築などをさせる、一種の賦役である。

お手伝いとはいっているが、そのじつは強制であり、費用も職人、人足の手配、建材の用意などすべてを担当しなければならず、諸大名にとっては、まさに厄でしかない負担であった。

「京でお手伝い普請はまずかろう。御上だけでは、それだけのことさえできぬと天下に公言するに等しいぞ。これは御所の修復だというならば、天下の御用とできるが、寺はいわば徳川の私になる」

「江戸では寺社の建立にもお手伝い普請が命じられておりまするが」

三郎の言葉に、小林平八郎が首をかしげた。

「江戸ではよいのだ。将軍に大名どもが従っていると見せつける意味もある。しかし、京は違う。武家の興亡を見つめてきた京は、その力が衰えたかどうかを嗅《か》ぎ分ける能力を持っている」

「力の衰えを見抜く……」

小林平八郎が困惑した。

「それがなければ、京はとっくに灰燼《かいじん》に帰している。鎌倉が危なくなり、室町《むろまち》が力を失ったと感じたら、すぐに新しい力にすり寄る。そして、その力が衰えたなと思えば、またぞろ新たな相手を探す」

「節操のない」

小林平八郎があきれた。

「だが、そうでもせねば、京は滅びる。なにせ、自前の力がない。あるのは血筋という正統性だけ。その正統性の保護ができなければ、都ではなくなる」

「朝廷でございまするな」

すぐに小林平八郎が悟った。

「そうよ。京に御上が新たな金閣寺を建てた。だが、その普請は御上あるいは徳川家の手ではなく、外様大名に押しつけたものだった。さて、朝廷はどう見るかの」

「御上には単独でそれを為すだけの力がない」

「ああ」

「御上の命には逆らえぬから、従っている。やはり御上は強いと受け取ってはくれませぬか」

「他人の財布をあてにした段階で無理であろう。なにせ、他人の懐で生きている者の巣窟《そうくつ》だからな、朝廷は」

近衛基熙に皇位を巡る争いの話を聞かされて以来、三郎は公家たちを見限っていた。

「すべて己がやってきたことと」

小林平八郎が苦笑した。

「もし、京に徳川家の力だけで、鹿苑寺以上のものを建てられたならば、まちがいなく朝廷はおとなしくなる。御上にそれだけの金、すなわち、力があると知ってな」

金がなければ、なにもできない。三郎はこれも今回の旅で教えられていた。

「…………」

陪臣としてどう反応していいかわからなかったのか、小林平八郎が黙った。

「さて、次に行こうか」

「どちらへ参られまするや」

「相国寺《しょうこくじ》、知恩院《ちおんいん》、南禅寺と東山《ひがしやま》の方へ向かうとしよう。余裕があれば、清水寺まで足を延ばしたいところだが、そこまでは難しいか」

鹿苑寺とは御所を挟んでほぼ反対側になる。かなりの距離があり、どれほど健脚でも日が暮れる前にすべてを参拝して、近衛屋敷まで戻るのは厳しい。

三郎が希望もこめて言った。

「では、急ぎましょう」

小林平八郎が先に立った。

衛門少志からの報告を受けた弾正尹《いん》は、すぐに命じた。

「帰ってきた二人を今出川御門で押さえよ」

「どのような理由で」

弾正尹の指示に、衛門少志が首をかしげた。

「それくらい、己で考えよ」

問うた衛門少志を弾正尹が叱りつけた。

「……捕まえた後はどないすれば」

一瞬不服そうな顔をした衛門少志が、ぐっとこらえた。

「ここへ連れてこよ」

弾正台となっている旧典薬寮《てんやくりょう》の建物へ連行してこいと弾正尹が告げた。

「抵抗されたらどないすれば」

「それくらい縄を掛けるなり、打ち据えるなりせんか。口さえ利けたらええ。手足の二、三本折ってかまへん」

「向こうは二人でっせ。こちらも二人では勝てまへん」

衛門少志が人手が足りないと言った。

「二対二なら、できるはず。そなたらは御所を守る衛門府の役人ぞ」

「無理でっせ。向こうは両刀を差してる武家、こっちは棒を持っているだけの衛門。とても相手になりまへん」

「むう、情けない」

首を横に振った衛門少志に、弾正尹がため息を吐いた。

「あと二人ご手配を」

「二人か……」

衛門少志の増員願いに、弾正尹が苦い顔をした。

今上帝《きんじょう》の譲位を阻止することで、朝廷における位階を進めようと考えている弾正尹は、御所への出入りを把握するため、衛門たちを掌握しようとした。

「出世させてやる」

先祖代々、数百年ずっと門番を続けてきた者たちにとって、これはまさに毒であった。永遠に望めないはずだった立身が目の前にぶら下げられた。また、弾正台と衛門府と所属は違うが、格上の公家からの誘いを断るのは難しいというのもある。

「従いますわ」

衛門少志、衛門大志の多くが弾正尹に付いた。

しかし、先日近衛基熙のもとへ入った三郎たちの正体を探らせるために、無理を命じたことで忠誠に揺らぎが生じた。

出世に繫がらない小者にとって、賄《まいない》を取るのは習い性のようなものなのだ。

「これでなんとかせい」

近衛家の門番小者を買収するのに、弾正尹は少額しか出さなかった。

「足りなければ、そなたがいたせ」

弾正尹はこれ以上の追加はないとまで宣した。

「なんや、こんだけでは利がないがな」

金を渡された衛門少志が不足を口にした。

衛門少志としては、弾正尹から多額の金を手に入れ、そこから中抜きをして門番小者へ渡すつもりでいたのが、下手をすれば足が出そうになった。

「もうよろしいわ」

門に出入りする商人から、五文、十文の小銭をもらって、それを皆で分けて、やれ今夜は酒が飲める、鴨川《かもがわ》のほとりに出る遊女を抱けると喜ぶ衛門少志たちにとって、己のためでない金を出すのは耐えきれない。

「一年先の出世より、今日の金や」

「出世する前に飢え死にしたら、意味ないわ」

直接弾正尹と対峙《たいじ》した衛門少志がまず離れ、続いてその話を聞いた者たちも距離を置き始めている。

「どうなっておる」

「さあ、わたいは当番やなかったんで」

「変わることおまへん」

門を出入りする者のことを聞こうと弾正尹が、衛門少志たちを呼び出しても、当たり障りのない態度しか取らなくなっている。

目の前にいる衛門少志が珍しい状況にまで落ちていた。

「今出川御門へ手伝いに行け」

弾正尹がそう指示をしたところで、おそらくほとんどは従わないだろう。

「中立売御門《なかだちうりごもん》の担当ですよって、離れるわけには参りまへん」

「主は非番で出かけておりま」

役目を盾にするくらいならまだかわいげがある。ならばと休みの衛門少志に呼び出しをかけたら、居留守を使われる。

「他の三人を使え」

配下にはなっていない衛門少志と当番頭の衛門大志のことを弾正尹が出した。

「お名前を使うても」

「それはならん」

報告に来た衛門少志の求めを弾正尹は拒んだ。

「それやったら無理ですわ。少志が大志に命を下すわけには……」

「なら少志だけでよい」

「それもあきまへん。お二人とも、わたいより先達で」

先に任についた方が格上になるのが、役人の決まりであった。

「それくらいなんとかせい」

「言うだけは言うてみます」

これ以上の否定は、後々に障る。

報告に来た衛門少志が引いた。

「やってのけよ。よき報せ以外は聞かぬ」

失敗したら二度と顔を出すなと弾正尹が通告した。

「……それは」

「ただし、うまくことが進んだときは、衛門府から主膳監《しゅぜんげん》へと移してやるわ」

「ほ、ほんまでっか」

衛門少志が思わず身を乗り出した。

主膳監は、御所に参内した公家たちに中食《ちゅうじき》、宿直《とのい》の者たちに振る舞う夜食を供する役所である。食事を作るという役目上、多くの商家と付き合いがあり、朝廷の勘定を預かる蔵人《くろうど》ほどではないが、かなりの余得が見こまれる。

衛門少志とは筋目が違うが、そのあたりは下級だけに融通が利きやすい。朝廷の公家たちは、七位や八位の公家など気にもしていない。いや、公家として認めてもいないのだ。

「…………」

黙って弾正尹がうなずいた。

「かならず止めてみせますわ」

興奮して衛門少志が出ていった。

「ことがうまく進んだときには、それくらいしてやるけどな……うまくいくというのは、麿が大臣になれたらや」

弾正尹が小さく笑った。

五

清水寺どころか、南禅寺もあきらめて、三郎と小林平八郎は帰途に就いた。

「あまり遅くなると多治丸《たじまる》が気にする」

三郎は早めに帰宅すべきだと判断していた。

「なにより、江戸への連絡のことがうまくいったかどうかが気になる」

駄目だった場合は、急いで京を発《た》たなければならない。その準備もあるとなれば、のんびり物見遊山をしている場合ではなかった。

「さようでございますな」

小林平八郎も同意した。

「若さま」

すっと小林平八郎が三郎に近づいた。

「どうした」

「振り向かれませぬように。付けられておりまする」

それだけ言うと小林平八郎がもとの間合いに戻った。

「…………」

三郎は一瞬だけ目を大きくしたが、目立つような反応はしなかった。

「どこからだ」

「申しわけなき仕儀ながら、確信したのはさきほどでございまする。気になりだしたのは、相国寺を出たあたりでございますが」

前を向いたままで小林平八郎がすまなそうに言った。

「よい。吾《われ》なんぞ、言われた今でもわからぬ。そなたが気づいてくれただけで助かる」

三郎が小林平八郎を褒めた。

「畏れ入りまする」

「このまま御所へ連れ帰ってもよいだろうかの」

応じた小林平八郎に三郎が訊いた。

「どうも見たような姿をしておりまする」

「見たような……京でか」

道中でもなく、毛利でもないのだなと三郎が確認した。

「はい。近衛さまのお屋敷に勤めている者にも似ているような気がいたしまするが、顔に覚えはございませぬ」

「公家のかかわりとなれば……門番くらいしか」

「そ、それでございまする」

ふと口にした三郎に、思わず小林平八郎が足を止めて振り向いた。

「……そなたが振り向いてどうする」

「あっ」

苦笑する三郎に、小林平八郎が慌てた。

「もう、遅いわ。まあ、やってしまったことはいたしかたないな」

「申しわけございませぬ」

小林平八郎が頭を下げた。

「気にするな。門番が後を付けているという理由を考えればいい。それだけでも話は見えてくるだろう」

「はっ」

小林平八郎が一礼して、もとの姿勢に戻って歩きを再開した。

「気づかれたっ」

後を付けていた衛門少志が顔色を変えた。

「……なんや、違うか」

少し話をしただけでこちらを気にすることもない三郎たちに、衛門少志が安堵《あんど》した。

「金閣寺はんに相国寺となんの意味があんねん。他人と会うたような素振りも見られへんかったし」

後を付けている衛門少志が首をかしげた。

「物見遊山や」

衛門少志が嘆息した。

「今出川御門が見えてきた。どうすんねん」

先回りするわけにもいかず、衛門少志が困惑した。

弾正尹から命じられた衛門少志は今出川御門に戻るなり、頭役の衛門大志に声をかけた。

「大志はん」

「なんや、今井《いまい》」

大志が用件を問うた。

「弾正尹はんからのお下知でっせ。近衛はんとこにいてる武家二人、ここで取り押さえろと」

「……なにを言うてんねん。御門は衛門府や、弾正台から指図されへんぞ」

衛門大志が窺《うかが》うような目で今井と呼ばれた衛門少志を見ながら、拒んだ。

「あかんちゅうとろうが」

衛門大志が繰り返した今井を睨んだ。

「聞いといたほうが無難でっせ」

「管轄違いに手貸すほうがまずいやろ」

今井の誘いを衛門大志がもう一度拒んだ。

「しゃあおまへんなあ。大志はんのお名前を弾正尹はんに……」

「なにをしようとも、わたいは知らん。詰め所におるでの。なにかあったら、声かけてんか。腹の具合が悪いでの」

見て見ぬ振りをすると言って、衛門大志が引っこんだ。

「おはんらは手伝《てつど》うてくれるやろ」

今井が衛門少志たちに目を向けた。

「それはええけど、ただでは御免やで」

歳嵩の衛門少志が返した。

「弾正尹はんに伝えたる。出世させたってくれと」

「悪いなあ、口約束は信じられへん。前金か、証文をくれ」

歳嵩の衛門少志が手を出した。

「おまはんも弾正尹はんに逆らうつもりか」

「逆らう……とんでもないことを言いな。言うとおりにするけど、役目以外のことやろう。そのぶんをくれと言うてるだけやで」

今井の脅しに歳嵩の衛門少志が手を振った。

「後で払う」

「おまはんがやな」

苦い顔をした今井に、歳嵩の衛門少志が念を押した。

「少ないぞ。あと、これ以降の仲立ちはせえへんからな。後悔すんなや」

今井が歳嵩の衛門少志を睨《にら》んだ。

「いくら出す」

「五十文」

「はん」

提示された金額に歳嵩の衛門少志が鼻で嗤《わら》った。

「衛門府に知られたら、まちがいなくお叱りや。下手すれば、お役を止められる。それを五十文……子供の使いやあらへんで」

「百、百二十、百五十……二百」

「二百かあ、まあええわ」

今井が細かくあげていったところで、歳嵩の衛門少志がうなずいた。

「後払いやぞ」

「わかってるけどな、ちいと証文書いてんか」

「なんやと、信用でけへんというんか」

「でけへんなあ。二百文なんぞ、衛門少志が扱える金やないがな。それだけの金額を出すんや、よほど後ろ暗いことなんやろ。後で知らん顔されても困るからの」

歳嵩の衛門少志が平然と要求した。

「ああ、こっちと二人分やで。一人に二百文ずつ」

「ちっ」

要求に今井が舌打ちをした。

「躊躇《ちゅうちょ》してる間あるんかあ。証文なしやったら、わいは動けへんで」

「わしもや」

歳嵩の衛門少志にもう一人も便乗した。

「わかった」

腹立たしいのを隠さず、今井が詰め所へ入っていった。

「もうちょっといけたんと違うか。五百とは言わへんけど、三百文は欲しかったな」

便乗した衛門少志が告げた。

「欲どおしいで。二百文くらいがええとこや。たぶん、今井のやることは失敗するしな」

「失敗……」

「そうや。どうせ、今井の要求は、今朝通った武家のことやろ」

「たぶんそうやな」

衛門少志が首を縦に振った。

「あの武家、近衛はんとこの客やろ。弾正尹はんが、どんだけ力持っているんかは知らんけど、碌《ろく》でもないお人やというのはわかってる」

「今井の話やな」

「そうや。貧しい衛門少志に金出せなんぞ、ふざけてるとしか思われん。そのていどのお人が、近衛はんに勝てるわけないやろ」

「近衛はんは、まだ幼いちゅうで」

歳嵩の衛門少志の考えに衛門少志が言った。

「近衛はんは幼うても、後ろに法皇さまが付いてんねんで」

「法皇さまかあ。たしかに近衛はんをお気に召している」

衛門少志が納得した。

若くして死んだ近衛尚嗣《ひさつぐ》の後継として、後水尾《ごみずのお》法皇が近衛家を出ていた近衛基熙を召し出し当主に任じ、後水尾法皇自らその育成に当たっている。

「近衛はんが法皇さまのお耳に入れてみ、どうなるか」

「弾正尹はんは消し飛ぶな」

衛門少志が首を横に振った。

「もっとも弾正尹はんの後ろに他の摂関家はんが付いてはったらまた別やけど、それでも失敗となったら、手のひら返さはるで」

「弾正尹はんをとかげの尻尾《しっぽ》切りにするかあ」

「たぶんやけどな」

歳嵩の衛門少志が笑った。

「かわいそうになあ、あいつ大損や」

衛門少志も唇を吊《つ》り上げた。

「高望みするからや」

冷たく歳嵩の衛門少志が切り捨てた。

「……ほれ。これでええねやろ」

ちょうど内輪話が終わったところで、今井が戻ってきた。

「……たしかに」

「おう」

二人の衛門少志が確認した。

「しっかり働けや」

「金のぶんは働くで」

歳嵩の衛門少志が今井の釘刺しに応じた。

「で、なにをしたらええねん」

「わいが指示する武家二人を取り押さえ」

「取り押さえる……話して留めおくんやないんか」

「弾正台まで連れてこいとの仰せや」

「名分はなんや」

いかに御門衛士といったところで、無実の者をどうこうすることはできなかった。

「なんでもええ」

「無茶言うたらかなんなあ。　何の罪で捕らえるかを教えておいてもらわんと、恣意《しい》になるがな」

「胡乱《うろん》なりでええやろ」

怪しいから取り調べると言えばいいと今井が告げた。

「胡乱かあ。それでええならええけど」

「……しっかり頼むで」

乗り気でない歳嵩の衛門少志にあきれながら、今井が門番所定の位置についた。

「来たぞ」

今井が、三郎たちを見つけた。

「門を潜るまで待ちや。外ではさすがに胡乱では無理や」

「わかっとるわ」

歳嵩の衛門少志の忠告に、今井がうるさいと応じた。

第三章　雲上の争

一

小林平八郎《こばやしへいはちろう》は今出川御門《いまでがわごもん》を目に入れながら、三郎《さぶろう》に警告を発した。

「やはり、門番でございまする」

つけてきている者の身なりが、門番と一致した。

「朝も見たはずだが、気にしていなかったの」

「なにより、門番もそのへんの公家《くげ》の屋敷前でうろついている小者と着ているものに差がなさ過ぎまする」

三郎の後悔に、小林平八郎が首を横に振った。

「多治丸《たじまる》のところは当然だろうが、公家の屋敷で働いている小者でも初位や八位の官位を持っているという。着ているものが似通うのも無理はない」

「……若君さま」

嘆息する三郎に小林平八郎がもう一度警告をした。

「待ちやれ」

今出川御門を潜ろうとした三郎に、今井《いまい》が制止をかけた。

「拙者か」

三郎が足を止めた。

「そうや。おまはんらや。ちいとこっちに来てもらおうか」

「どこへ」

「だ……どこでもええやろ」

訊《き》かれた今井が、一瞬答えかけて、首を左右に振った。

「どこでもと言われて、そうかという者がおるか」

「うるさいわい。我《わたい》らは御門を守る衛門《えもんの》少志《しょうさかん》じゃぞ。朝廷の役人に逆らえば、どうなると思う」

「どうなるのかの。教えて欲しいわ」

怒鳴るような今井に、三郎がわざとらしく問うた。

「ち、朝敵だぞ。朝敵」

「ほう、朝敵。それは怖《おそ》ろしい」

「そうじゃ、天下のすべてが敵に回るんや。親も兄弟も、許されざるぞ」

身震いして見せた三郎に今井が威丈高になった。

「……なあ、草谷《くさや》はん、あれ、からかわれてるんと違うか」

見ていた衛門少志が蕨嵩の衛門少志に囁《ささや》いた。

「そうやな。若いけど、あいつとは役者が違うわ」

草谷と呼ばれた蕨嵩の衛門少志が同意した。

「どうする」

「金のぶんくらいは働こうや」

草谷が嘆息しながら、前に出た。

「お武家はん、ちょっとおとなしゅうしてくれたらすむことやけどなあ」

「おとなしくしたら、そのまま帰ってこれなくなったという……」

「…………」

弾正尹《だんじょうのいん》が裏の事情で動いていることはわかっている。命の保証も帰れるという保証も草谷は言えなかった。

「黙るというのは、そうだと認めていることになるぞ」

三郎が苦笑した。

「そう言われてもなあ。わたいらは下っ端や。言われたらその通りにせんならん」

草谷が目をそらした。

「平八郎、そっちのうるさいのを押さえておけ」

「はっ」

三郎の指示に小林平八郎が従った。

「なんや、おまえは」

割って入ってきた小林平八郎に、今井が困惑した。

「動くな。斬るぞ」

小林平八郎が刀の鍔《つば》に手を置いた。

「ぬ、抜く気か。そんなことをしてみい……ひうっ」

咎《とが》めを受けるぞと言いかけた今井が、小林平八郎の目を見て悲鳴をあげた。

「なにをっ」

さすがに見過ごせないと草谷が前に出た。

「吉良《きら》侍従《じじゅう》である」

「……ひえっ」

すっと近づいて小声で告げた三郎に草谷が息を呑《の》んだ。侍従は従四位前後になる。とても衛門少志では手の届く相手ではなかった。

「他の者に報《しら》せるな」

「へ、へえ」

釘《くぎ》を刺された草谷がうなずいた。

「このまま我らをどこへ連れていく予定であったか」

「あの今井によりますと、弾正台《だんじょうだい》へ」

「弾正台……」

「なんや、弾正尹はんが連れてこいと言わはったようで」

直接は聞いていない、責任は今井にあると草谷が言った。

「ほう」

三郎が口の端を吊《つ》りあげた。

「我らが近衛《このえ》家に滞在していることは知っているな」

「ぞ、存じてます」

草谷が近衛の名前に怯《おび》えた。

「今ここであったことを、近衛権中納言《ごんのちゅうなごん》さまにお伝えせよ」

「わ、わたいがでっか。そんな畏《おそ》れ多い」

遠くで見かけることはあっても、声をかけたことなどない。朝廷に属する者たちにとって五摂家《ごせっけ》は、まさに雲の上であった。

「いたせ。さもなくば、吾《われ》への、侍従への無礼として、ここにおる者すべてを咎めるぞ」

天皇の警固を任とする侍従は禁裏に入っても帯刀が許されている。御所内へ刀を持って入ろうとしたとかいう難癖も使えない。衛門少志に三郎たちを捕らえる権はなかった。

「へい」

草谷が消沈しながら引き受けた。

「これを取らす」

旅の経験が三郎に心づけというものを覚えさせていた。別段、心付けを払わなくても、旅籠は飯を出すし、夜具の用意もする。ただ、優先されないだけである。場合によってはすべて最後に回されることもある。それが嫌ならば、心付けを渡せばいい。金額にもよるが、まずこころよく用事を引き受けてくれるし、飯は炊きたてがすぐに運ばれる。

「……こんなに」

三郎が差し出したのは小粒金であった。小粒金は大きさによって価値が変わるが、なんといっても金なのだ。小さくとも五百文くらいはする。

草谷が驚きながらも喜んだ。

「では、頼んだぞ」

三郎が草谷から離れた。

「平八郎」

「はっ」

合図を受けた平八郎が、今井への圧迫を止めた。

「役人の指示には従うべきである。付いていこうではないか」

「へっ」

三郎の急変に、今井が戸惑った。

「あの者がていねいに話をしてくれての、ようやく理解した」

「草谷はんが……そうか、そうやろな」

三郎に指さされた草谷を見て、金のぶんは働いたなと今井が納得した。

「おとなしゅうせいよ」

「ああ」

「途中で逃げるなよ」

「わかっているとも」

繰り返し念を押す今井に三郎が首肯した。

「おい、染谷《そめや》」

ずっと後を付けて来て、そのまま、三郎たちの逃走に備えて今出川御門の外側に控えていた衛門少志を今井が手招きした。

「あやつでございまする」

小林平八郎が後を付けてきた者だと三郎に告げた。

「ふん」

三郎が鼻で嗤《わら》った。

「行くで」

今井が先頭を歩き、続いて三郎、小林平八郎、そして後を付けてきた染谷という衛門少志の順で進んだ。

「あれが御所か」

築地塀《ついじ》で囲まれた禁裏を見て三郎が、小林平八郎へ振り向いた。

「おそらくは」

小林平八郎も初めて見る御所に首をかしげていた。

「小さいの」

「お屋敷とあまり変わりませぬ」

吉良家の江戸《えど》屋敷は四千坪ほどある。御所もそれと変わらないように見えた。

「無礼やぞ」

三郎たちの正体を知らない今井が振り向いて、怒鳴った。

「感想くらいよかろう。人の口に戸は立てられぬというぞ」

人の口に戸は立てられぬというのは、どれだけ秘密にしていてもどこからか漏れるという意味で、独り言を止めることはできないという遣い方は正しくない。わかっていて三郎は使った。

「黙っておれ」

そこを突っこむことなく、今井が前に向き直った。

「どこまで参るのでございましょうか」

「衛門というかぎりは、衛門府であろう。でなければ検非違使《けびいし》か」

小林平八郎の質問に、三郎が答えた。

衛門府は言うまでもなく、御所諸門の警固をする。御所の門にかかわることとなれば、衛門府が担当になる。そうではなく、他のことであれば京洛《きょうらく》の治安を維持する検非違使になるはずであった。

「……………」

つごうが悪いのか、今度の話に今井は口を挟んでこなかった。

しばらく歩いて、今井が足を止めた。

「……ここだ」

古い建物を前に、三郎が首をかしげた。

「ここは……」

「弾正台である。畏れ入れ」

勝ち誇ったように今井が宣した。

「弾正台とは、なんの役所だ」

「存じませぬが」

三郎の問いに小林平八郎が首を横に振った。

「上杉《うえすぎ》家が弾正忠《ちゅう》を名乗っておったはずじゃ」

ふと三郎が思い出した。

高家《こうけ》というのは武家の官位を預かる役目である。さすがにすべての大名、旗本の官位を覚えてはいないが、伊達《だて》家、前田《まえだ》家、毛利《もうり》家など、有名なところは常識として知っていなければならなかった。

「どうでもええことを……」

今井がのんびりしている二人に怒りを見せた。

「さっさと中へ入れや」

染谷が後ろからせっついた。

「いや、弾正台など初めてだからな。よく見ておかぬと」

「さようでございますな。この世の見納めになるやも知れませぬし」

三郎に小林平八郎が合わせた。

「なにをっ」

殺されるかも知れないと言った小林平八郎に、今井がぎょっとした。

「なんのために連れてきたか、言えるか」

「……」

目つきを変えた三郎に、今井が黙った。

「我らになにかあったとき、きさまが無事でいられると思うなよ」

三郎が冷たく宣告した。

二

高家の役目は城中の礼儀礼法を監察することでもある。

「そのほう、今、敷居を踏んだの」

座敷への出入りのおり、歩幅を気にしなかった大名を叱りつける。

もとは敷居を踏むことによって床の建て付けが早く傷んでしまうのを防ぐためにできた作法が、今では大名の首を飛ばす。

「別室にて控えおれ」

高家にこう言われて、逆らうわけにはいかなかった。高家は幕府の役目として、重箱の隅を突《つつ》いているのだ。

「ここで小便するな」

幕府開闢《かいびゃく》のころ、江戸城表御殿のあちこちにこの立て看板があった。

「厠《かわや》なんぞさがすのは面倒だ」

戦場往来の大名たちは、小便がしたくなると廊下や縁側から庭に向かって小便をする。

「臭い」

その臭いに苦情をつけたのが公家であった。

朝廷から毎年江戸城へ出される年賀答礼使の他にも、公家は下向してくる。広橋《ひろはし》家をはじめとする武家伝奏として幕府と朝廷の仲を繋《つな》ぐ者、過去、徳川《とくがわ》家となんらかのかかわりのあった公家が、江戸城へ来るたびに鼻をつまむ。

「手を打ちまする」

公家の苦情は高家に出る。

こうして高家は幕府に諮って、あちこちにこの札を立てた。

「それがどうした」

だが、そんなものを戦場で小便どころか大便まで垂れ流していた大名が気にするはずもなかった。

「これでも喰《く》らえ」

前田利常《としつね》に至っては、その立て札目がけて小便を放ったという。

「高家は御上の面目を保つ者である」

当然、ないがしろにされた高家は怒った。

「礼儀礼法は高家に従うべし」

高家は揃って幕府へ陳情、江戸城内での礼儀礼法監察の権を手に入れた。

「礼儀礼法で戦えるか」

「我らの先祖があればこそ、徳川は天下を取れたのだ」

「旗本ごときが、我ら大名に意見をするか」

言うまでもなく反発はすさまじかった。

「貴殿の座る場所はそこではないと何度申せばよい」

「襟をくつろがせるなど、公方《くぼう》さまへの敬意に欠ける」

それを高家は幕府の権力、減封、移封などを使って押さえこんだ。

「某《なにがし》守、殿中作法に不都合あり、一万石を召しあげる」

「領地を取りあげ、代わって八千石を給する」

幕府も諸大名の鼻を折る好機と高家を援護した。

結果、大名たちは殿中作法に従することとなった。

「こともなしじゃの」

「貴殿はどうお考えかの」

答えず、逆に吉良義冬が訊き返した。

「……難しいと存ずる」

どちらとも取れる言い方を品川内膳正がした。

断るのは難しい、受け入れるのは難しい、品川内膳正の言葉はどちらとも取れる。このあたりは公家の得意技である。つまり高家は武家ではなく、公家に近いものへと変化している証《あかし》であった。

「ご一同、なぜ目付が今頃言いだしたと思われる」

品川内膳正から目を離して、吉良義冬が高家たちに問いかけた。

「……監察の権をすべて握りたいのでござろう」

上杉宮内大輔が少し思案して述べた。

「大目付の権を奪ったのにか」

ちらと吉良義冬が大目付たちに目をやった。

もと惣目付《そうめつけ》と呼ばれた大目付は、辣腕《らつわん》を振るい外様《とざま》を中心に大名を潰して回った。二代将軍秀忠《ひでただ》、三代将軍家光《いえみつ》の御世《みよ》、惣目付が潰した大名は五十をこえ、その石高は二百万石以上であった。

一万石で百人というのが、戦国の大雑把な動員数とされており、それからいくと天下に二万人から三万人という牢人《ろうにん》が生まれた。さらに牢人になった者にも家臣は付いていたのだ。それらも当然禄をなくす。合わせて十万人ともいわれる牢人が溢《あふ》れた。

もちろん、再仕官に成功した者、帰農あるいは商人になった者もいるので、すべてが牢人になったわけではないが、喰う手段を失った者が天下に満ちた。

「恨みを晴らす」

「我らで天下を奪おう」

その牢人たちが、軍学者由井正雪《ゆいしょうせつ》のもとに集まり、三代将軍家光の死を契機に蜂《ほう》起《き》しようとした。

江戸に火を放ち、江戸城へ押し入って、うろたえる大名を討ち果たし、将軍を人質にする。同時に、京《きょう》と大坂《おおさか》でも挙兵、朝廷と大坂城を手に入れ、勅を出させ、西国大名を味方に付ける。

まさにおこなわれていれば、大騒動になる計画であった。

しかし、由井正雪の弟子から裏切り者が出て、ことは始まる前に幕府によって押さえこまれた。

それでも、この計画が幕府の背筋を寒くした。

「牢人を増やすのはまずい」

主家を潰したのは幕府である。当然、恨みは潰されるような馬鹿をした主家ではなく、幕府へ向かう。

「これ以上牢人を増やすのはよろしくない」

幕府は謀反の芽を摘むために大名を潰すという政策を転換した。

「おとなしくしておれ」

その一つの策として、幕府は大目付を飾りにした。

「城中の静謐《せいひつ》を守るは目付の役目なり」

大目付が骨抜きにされたとき、その隙間へ目付が入りこんだ。

目付には大名を監察する権はない。ただ、江戸城中のもめ事を押さえるという目付の役目を拡大解釈した。

「なにをいたしておる」

目付が大目付に代わって大名を叱るようになった。

「大名は目付の管轄ではないはず」

咎められた大名の抗弁も城中では功を奏しなかった。

大目付が飾りになったと喜んだ大名たちだったが、あらたに目付が台頭してきたことで、今まで気にしていなかった連中を警戒しなければならなくなり、やがてそれが当たり前になった。

「目付がうるさい」

「何々守」

いままで同僚としての敬称を付けていた目付が、大名を呼び捨てにしだすまでさほどのときはかからなかった。

「城中を完全に把握するつもりだと」

「ではないかと」

確認した吉良義冬に上杉宮内大輔が首肯した。

「それをして何の得があるかの」

大沢内膳が首をかしげた。

「たしかに」

品川内膳正が同意した。

権力というのは大きくなればなるほど、面倒になる。持ち合わせなければならない知識も増える。

「目付は何人おったかの」

吉良義冬が誰にともなく問うた。

「十人じゃ」

「跡部《あとべ》どの」

振り向いた吉良義冬が驚いた。

答えたのは、大目付跡部山城守《やましろ》であった。

「ふと聞こえたのでな」

決して盗み聞きなどではないと跡部山城守が言い訳をした。

「それくらいは存じておりますが」

あからさまな盗み聞きではあるが、それを咎めたところで、のらりくらりとかわされるだけである。

吉良義冬は跡部山城守を見逃すことにした。

「宮内大輔どのが、なにやら目付とお話をなされていたようだが」

さりげなく跡部山城守が話に加わった。

「それは……」

ちらちらと上杉宮内大輔が吉良義冬を見て、扶《たす》けを求めた。

「たいしたことではございませぬよ。目付が宮内大輔どのに、礼儀礼法を教えていただきたいと願って参っただけでござる」

顔色一つ変えず、吉良義冬が嘘を吐いた。

「目付が礼儀礼法を……それはまた殊勝なことでございますな」

跡部山城守が感心して見せた。

「武家もこれからは、刀槍《とうそう》の術ではなく、礼儀礼法であると目付も知ったのでござろう」

「なかなか、目付にも慧眼《けいがん》の者はおるようでござるの」

いけしゃあしゃあとした吉良義冬に、跡部山城守が笑った。

「たしかに」

吉良義冬が大きく同意して見せた。

「左少将どの、一つお伺いいたしたいのだが、よろしいかの」

身分からいけば吉良義冬が上になる。跡部山城守がていねいな口調で問うた。

「なんでござろうか」

吉良義冬が怪訝《けげん》な顔をした。

「いや、礼儀礼法の監察でござるがの、その任にかんして、御高家の衆はどのようにお感じなのかのと」

「任にかんしての思いでございまするか」

跡部山城守の問いに吉良義冬が戸惑った。

「御上から拝命いたした任でございますれば、誇らしくおこなっておりまする」

うかつな返答、たとえば面倒だとか、疲れるだとか、大変だとかは、幕政批判と

なりかねない。

吉良義冬は無難な答えを口にした。

「いや、さすがは左少将どの。公方さまの御信任が厚いのも当然でございますな」

大仰に跡部山城守が感心して見せた。

「非違監察というのは他人の粗を探すこと。不浄職ではございませぬのかの」

跡部山城守が口の端を吊りあげた。

「…………」

ぐっと吉良義冬が詰まった。

三

三郎に頼まれた衛門少志の草谷が、今井たちの姿が消えてから近衛家へと走った。

「御免やで」

草谷が近衛家の門番に声をかけた。

「なんや」

衛門少志なんぞ屁《へ》とも思っていない門番小者が木で鼻をくったような対応をした。

「こちらに滞在《い》てはる江戸から来はったお武家はんに伝言頼まれたんや」

「伝言……」

わざわざ衛門少志に伝言を頼むとは考えにくい。

門番小者が怪訝な顔をした。

「お武家はんは、弾正台へ引っ立ってられていったんや」

「弾正台やと」

草谷に聞かされた門番小者が眉間《みけん》にしわを寄せた。

「えらいこっちゃ」

門番小者が屋敷へと走った。

「えっ、ちょっと、おい、伝言……」

置いてけぼりになった草谷が手を伸ばしたが、門番小者は振り返りもしなかった。

近衛基熙《もとひろ》は京の小間物を扱う老舗《しにせ》の錦屋《にしきや》と話をしていた。

「江戸に品物を出してくれぬか」

「それはよろしおすけど……」

近衛基熙の求めに錦屋が引き受けるような受けないような返しをした。

「わかっておる。利であろう」

「お見通しで」

錦屋が手もみをした。

「江戸城大奥出入りの看板でどうや」

近衛基熙が条件を出した。

「出入りの看板だけですか。それではちいと」

商いのことになると、錦屋も甘くはなかった。

出入りはたしかに名誉であるし、販路の拡大にはつながるが、最初の客が保証されていなければ、江戸まで行ったけれど売り上げなしという羽目にもなりかねなかった。

「わかってる。損はせえへんはずや。今、江戸城の大奥には、伏見宮《ふしみのみや》家の顕子《あきこ》女王はんが、御台所《みだいどころ》として入ってはる」

四代将軍家綱《いえつな》は、征夷大将軍《せいいたいしょうぐん》の慣例として宮家から御台所を迎えている。その相手に選ばれたのが顕子女王で先日江戸へ下向していった。

「さすがに女王はんには紹介でけへんけどな、お付きとしていった飛鳥井《あすかい》の局と姉小路《あねがこうじ》の局は、どっちも知ってる。麿《まろ》が一筆かいてやるわ」

「おおっ。お二人のお局はんに」

近衛基煕の話に、錦屋が歓喜した。

明文化されているわけではないが、将軍は宮家、あるいは五摂家から正室を迎える慣例になっていた。天皇の姫である内親王を避けるのは、将軍と内親王の間に子供ができたら、皇位継承に影響がでるからである。後水尾《ごみずのお》天皇の中宮に二代将軍秀忠の娘和子《まさこ》が入った過去が、それを示していた。朝廷、幕府という垣根をこえて、夫婦仲が良かったことで、和子は男女にかかわらず子を産んだ。

ただ、男子は育たなかった。元服どころか二人とも夭折《ようせつ》してしまった。

これは、朝廷が明確に徳川の血を皇統に入れる気はないと意思表示したものと捉えられ、以降幕府は天皇の中宮に将軍の姫を押しつけず、将軍の正室に内親王を受け入れずとしていた。

血を交えぬ限り、公武合体はならない。だからといって、将軍家との縁は維持しなければならない。将軍と朝廷の縁が薄くなれば、朝廷の領を増やすとか、御所の修理とかがおろそかになる。極端な話、幕府は朝廷を放置してもいいのだ。徳川家《いえ》康《やす》が構築し、秀忠が発展させ、家光が固めた幕藩体制は、謀反を徹底的に排除してある。

「徳川を朝敵にする。兵を挙げよ」

朝廷が外様大名をそのかしたところで、倒幕できるような大名は少ない。せいぜい、薩摩《さつま》の島津《しまづ》、加賀《かが》の前田、仙台《せんだい》の伊達くらいである。だが、島津は京に遠く、前田は前後の越前《えちぜん》、越後《えちご》を徳川の一門に挟まれ、伊達は会津《あいづ》と水戸《みと》という将軍に近い家を二つこえないと江戸へ出られない。

徳川にもっとも恨みがあるであろう長州《ちょうしゅう》の毛利と米沢《よねざわ》の上杉は、かつての大大名から没落している。

朝廷が笛を吹いても、踊ってはくれない。

内親王は降嫁させられないが、それでも幕府と朝廷との縁は繋いでおきたい。まさに妥協の産物が将軍の正室であった。

その正室はかならず江戸へ迎えるが、まさか一人で来いとはいえない。そこで名門公家の娘が世話係として付けられた。

名門公家の娘といったところで、実家は千石に満たないし、婚家もよく似た相手になる。なによりすることが他にないからか、どこの公家も子だくさんだった。子が多いからといって分家はできないし、なまじ名門だけに商家とかに嫁入りさせるわけにはいかない。ならば大名にと思っても、幕府は武家と朝廷が近くなることを嫌うため、なかなか難しい。

そうなると女の行く道は、尼になるしかなくなる。

どれほどの名刹《めいさつ》であろうとも、尼に贅沢《ぜいたく》は許されない。身につける者は墨衣だけ、髪は剃《そ》るため簪《かんざし》も笄《こうがい》も使えない。なにより殺生が許されないのだ。食事が質素になる。

そんな一生を送らなければならないのならば、やはり生涯大奥にあって独身を貫かなければならないが、衣服、小間物などを身につけ、魚や白米を食べられるほうがありがたいのは当然である。しかも大奥に入れば、ちょっとした旗本くらいの禄や手当がもらえる。

「江戸下向の局を」

将軍家の御台所となる家から、付いてきて欲しいと求められれば、断るはずなどない。いや、奪い合いになるほどの人気になる。

そして、うまく局を射止めた女は、やはり京のものをなつかしむ。江戸にいて京の香りを思い出させてくれる衣服や小間物があれば、飛びついてくれる。

「お代は当家で」

さらに大奥の有力者となれば、なにかと近づきになりたがる者は多い。

大奥出入りの看板が欲しい商人、出世をしたい役人、娘を将軍の側室に押しこみたい旗本が、金で京から来た局をくりつける。

さほど裕福ではなく、貧しい生活をしてきた公家の娘がこれに捕まるのは当然の帰結であり、好き放題に買えるとなれば狂ったように欲しがる。

「お任せを」

錦屋が近衛基熙に手を突いた。

「御所はん」

そこに門番小者が庭伝いに駆けこんできた。

「大納言《だいなごん》はどうした」

家宰である平松《ひらまつ》大納言ではなく、門番小者であることに近衛基熙が驚いた。

「上野介はんが、弾正台に連れていかれたと衛門少志が」

「なんやと」

近衛基熙が門番小者の報告に驚いた。

「委細は、衛門少志から聞いておくれやす。門で待たせてます」

「大儀じゃ」

褒めて近衛基熙が足袋《たび》はだしで庭に降りた。屋敷の中を通るより、そちらの方が近い。

「用件はすんだで。もう、ええやろ」

草谷が戻ってきた門番小者に願った。

「あかん、今、御所はんがお出《い》でになる。控えとき」

「御所はんって、権中納言さまが……」

門番小者に言われた草谷が顔色をなくした。

衛門少志など朝廷から禄をもらっているとはいえ、公家扱いどころか、人扱いされていなかった。

それこそ五摂家あたりで飼われている猫よりも下に見られる。

草谷が震えた。

「詳しくは他の者《もん》に……」

逃げようとした草谷が背を向ける前に、近衛基熙が現れた。

「そなたか、上野介のことを報せてくれたんは」

「へ、へいっ」

もう逃げられない。役目中のため平伏まではしなかったが、膝《ひざ》を突いて草谷が頭《こうべ》を垂れた。

「状況を教えてくれや」

「はっ……」

言われた草谷が、最初に誘われたところから全部しゃべった。

「……そうか。ご苦労はん。おまはんの名前聞いとこ」

「く、草谷でございまする」

雲上人に名前を訊かれる。失敗でではなく、頼まれた伝言を述べたことでとなれば、悪い話ではない。

草谷が喜んで名乗った。

「覚えたわ」

そう言うと近衛基熙が屋敷へと戻っていった。

「ゆ、夢やないやろうか」

草谷が浮かれた。

「よかったのう。ええ話が舞いこむやろ」

門番小者も一緒になって喜んだ。

公家というのは、金はないが格という力を持っている。そのなかでも五摂家は別格であり、近衛家や一条家などの家宰、用人のような陪臣でも、従三位《じゅさんみ》から四位とそのへんの公家では決して追いつかない地位にある。

その近衛家の主から名前を覚えておくと言われた。つまりは、どこかで官職に空きがあったときに推挙してくれると約束したも同然であった。

「うまくいったら、わいになんぼかおごりや」

門番小者はしっかりと礼を要求した。

「わかってるがな。おまはんが留《とど》めてくれへんかったら、幸運はなかったんや。相応のもんを用意するわ。そのときはな」

なにもなしで礼はしないと、しっかり釘を刺しながら、草谷が首を縦に振った。

弾正台の門を潜った三郎たち二人を弾正台に所属するもっとも下級な弾正少疏《しょうさかん》たちが取り囲んだ。

「ご苦労であるぞ」

弾正少疏たちをまとめる大疏が、今井たちをねぎらった。

「お頭は」

今井が弾正尹の姿を探した。

「弾正尹さまは、ご多忙じゃ」

尋ねた今井に弾正大疏が、つめたく返した。

弾正大疏は、衛門大志と同じく現場での頭分になるが、官位は正七位上と衛門大志より高い。弾正少疏も衛門少志よりも上になる。

「連れてこいと命じられたんは、わたいやねんけど」

手柄を直接上役に伝えたいと考えるのは、どこでも同じである。今井が粘った。

「……むっ」

弾正大疏が戸惑った。

独断で追い返したところで、相手は衛門少志でしかない。後で文句を言われる怖れもないが、もし、弾正尹と直接遣り取りするという約束があったならば、弾正大疏は要らぬ手出しをしたことになってしまう。

「待っとり」

苦い顔で弾正大疏が建物のなかへと入っていった。

「若君さま」

すっと小林平八郎が近づいてきた。

「これ以上は……」

弾正台のなかへ入ることを、小林平八郎が止めた。

「まずいか」

「はい。構造のわからぬ建物のなかで襲われれば、さすがに。相手の技量もわかりませぬし」

「こやつらていどではない者が待ち受けているやも知れぬと」

「…………」

今井をちらと見ながら口にした三郎に、小林平八郎が無言で肯定した。

「わかった」

三郎がうなずいた。

「なに話してんねん。黙らんかい」

今井が三郎を叱った。

「しゃべるなとは言われておらぬぞ」

三郎が言い返した。

「そんなもん、言われんでもわかるやろう。衛門に捕まってねんぞ」

「捕まった、衛門に」

「そうや」

驚いた振りの三郎に今井が応じた。

「はて、衛門ならば、ここではなく衛門府へ行くべきではないのか」

「……うっ」

怪訝そうな顔をした三郎に、今井が詰まった。

「ここでよいのじゃ」

今井の窮地を救うように、弾正尹が姿を見せた。

「おい、頭が高い。こちらのお方が従四位下弾正尹さまじゃ」

弾正大疏が三郎たちを押さえつけようとした。

「…………」

三郎はそのままで、小林平八郎だけが頭を垂れた。

「なにをしてるねん、無礼者が」

今井が弾正尹への忠義を見せつけるかのように、三郎を怒鳴りつけた。

「静かにせい」

弾正尹が今井を叱った。

「へっ……」

「他人の注目を浴びるやろう。それくらいのこともわからんとは」

なぜ叱られたかわからないと唖然《あぜん》とした今井に、弾正尹が冷たい目を向けた。

「すんまへん」

今井が身体を小さくした。

「そこの二人、なかへ入れ」

弾正尹が今井から三郎たちへと顔を向け直した。

「断る」

三郎が一言で拒否した。

「なっ、なんだと」

「……」

弾正尹を始め、その場にいた役人たちが、呆然《ぼうぜん》とした。

四

「戻るぞ、平八郎。顔も覚えたことだしの」

気を抜かれた連中を無視して、三郎が小林平八郎に告げた。

「はっ」

小林平八郎が、三郎の背後に付き、不意討ちを警戒した。

「……ま、待て」

吾に返ったらしい弾正大疏が、制止の声をあげた。

「逃がすな」

続けて弾正尹が大仰な身振りで命じた。

「捕まえろ」

「動きいな」

今井と染谷が、三郎の前に立ち塞《ふさ》がろうとした。

「殺すな、平八郎」

「刀を抜かずともすみましょう」

三郎の注意に小林平八郎が口の端を吊りあげた。

「骨くらいはかまわぬぞ」

「お任せを」

主従が笑いを浮かべた。

「こやつら、逆らう気やで」

「やってまえ」

弾正少琉たちが、棒を手に二人を囲んだ。

「では、まず先陣を」

いろいろと不満が溜まっていたのか、小林平八郎がいきなり出た。

「……主人に一番槍《やり》を譲らぬか」

三郎も今井へと向かった。

「なっ」

まさか逆襲してくると思っていなかったのだろう。弾正少琉たちが、慌てた。

「えいやっ」

「こりゃあ」

急いで棒を振りあげたが、下手に逃がすまいと間合いを詰めていたことが災いした。

棒や槍は、間合いがあってこそ本領を発揮できる。入りこまれれば、かえって取り回しが悪くて不利になった。

「うわっ、気を付けんか」

「痛って……なにすんねん」

実戦など経験したこともない。誰もが小林平八郎に棒を当てることしか考えず、振り回したことで同士討ちが起こった。

「愚かなり」

嘲笑《ちょうしょう》を浮かべた小林平八郎が、拳《こぶし》で殴りつけ足で蹴飛《けと》ばした。

「ぎゃっ」

「わっ」

たちまち二人が倒れた。

「手ぬるいの」

三郎が悲鳴を聞いて、その怪我の軽さを見て取った。

「おとなしゅう……」

「逆らうな」

今井と染谷がやはり棒を振りあげた。

「ふふっ」

笑いながら、三郎が身体を低くして、二人の間に割りこんだ。

「あわっ」

「危ない」

目の前で同士討ちを見ていたためか、二人が振りあげた棒を止めた。

「甘いわ」

三郎が今井の臑《すね》を蹴飛ばし、染谷の腕を抱えこむようにして後ろへひねった。

「ぎゃあああ」

「あふっ」

人体の急所である臑を砕かれた今井が絶叫し、肩の骨を外された染谷がうずくまった。

「て、抵抗するか」

弾正尹が顔色を変えた。

「人を集めよ。あの狼藉《ろうぜき》者を取り押さえよ」

「はっ」

弾正大疏がうなずいて、懐から笛を出して吹いた。

「おとなしくせんか」

「罪が重くなるぞ」

人数の減った弾正少琉が、遠巻きにしながら三郎と小林平八郎を説得に入った。

「振り払う火の粉は罪にはでけへんで」

表情を硬くした近衛基熙が、弾正台へと足を踏み入れた。

「近衛権中納言はん」

弾正尹は近衛基熙の顔を知っていた。

「なにしてんねん」

「胡乱《うろん》な者を捕らえたので、調べを」

「うちの客と知ってのことか」

言いわけする弾正尹に、近衛基熙が鋭い目をした。

「権中納言はんのお客じんでしたか、知りませんでしたわ」

弾正尹が逃げた。

「ほな、なんでここに」

「そこにおる衛門少志どもが連れて参りまして」

「衛門少志が弾正台に」

「おかしいとは思いましたでおじゃるが、怪しいと言われれば……」

三郎と同じ矛盾を突かれた弾正尹が言いわけをした。

「なるほど、なるほど。怪しいと言われれば当然でおじゃるの」

独特の言葉遣いで近衛基熙が首を縦に振った。

「おわかりいただけたでおじゃるの」

ほっと弾正尹が安堵《あんど》した。

「ほな、この怪しい衛門少志は、麿が調べてもよろしいのでおじゃるな」

「…………」

弾正尹が黙った。

「連れていき」

近衛基熙が同行してきた門番小者に命じた。

「へえ」

門番小者が今井と染谷の身柄を押さえた。

「お、お待ちを。その者どものことは弾正台がいたしまする」

「怪しければ、管轄が違おうがかまへんやろ」

「……………」

己が口にしたことが返ってきた。弾正尹が黙った。

「ほな、邪魔したの」

近衛基熙が踵を返した。

「衛門少志はよろしいけど、その武家は弾正台の者どもに乱暴を働いておじゃる。職権をもって……」

「三郎、ええか」

「多治丸に任す」

「三郎、多治丸……」

近衛基熙と三郎の遣り取りの親しさに弾正尹が息を呑んだ。

三郎はまだいいが、多治丸という近衛基熙の幼名はまずい。朝廷でも近衛基熙のことを多治丸と呼べるのは、後水尾法皇とその周辺、五摂家くらいである。いや、権中納言となった今、幼名で近衛基熙を呼ぶのは後水尾法皇だけといっていい。

「どういう……」

まさに音を立てて顔色が変わるというのを、弾正尹がしてのけた。

「幼なじみよな」

「そうなるかの」

確かめてくる近衛基煕に、三郎が同意した。

「近衛家と幼なじみになれる武家なぞ……」

弾正尹がなにかに気づいた。

「江戸から来た……高家か」

「……………」

三郎は見つめてくる弾正尹を無視した。

「では、もうよいな」

「お待ちを」

ふたたび帰ろうとした近衛基煕を弾正尹がまたも止めた。

「ええかげん、うるさい」

近衛基煕がすごんだ。

「その衛門少志を置いていっていただきますよう。その代わり、ここでのことはなかったとしますので」

「取引か」

弾正尹の話に、近衛基熙が苦い顔をした。

「多治丸。我らのことはかまわぬぞ」

「えっ」

平然と放っておいて大丈夫だと言った三郎に、弾正尹が目を剝《む》いた。

「我らの正体を知ったのだ。弾正台くらいでどうにかできるものでもなかろう」

検非違使ならば、まだ京洛の警固という名目が立つ。しかし、弾正台は左大臣《さだいじん》以下の非違を監察、告発できたが、それを追捕《ついぶ》、弾劾する権は持っていない。まして や、あいては幕臣である。告発したければ京都所司代《きょうとしょしだい》に持ちこむしかなくなり、そうなれば隠蔽《いんぺい》はできなくなる。

なにより三郎と小林平八郎を闇に葬って知らぬ顔というのは、近衛基熙に知られた段階でもうできなくなった。

「…………」

弾正尹が唇を嚙《か》んだ。

「一緒に多治丸も片付けるというなら別だが」

「それができたら、見事やけどな。法皇さまが、黙ってへんで」

三郎の言葉に近衛基熙も嗤った。

後水尾法皇は己の娘の血は引いていないが、それを遠慮して近衛の屋敷に入らず質素に育ってきた基熙を哀れんだ。近衛尚嗣《ひさつぐ》が急死して、空き屋形になりかけたところを、家督乗っ取りの好機と騒ぎだす、他の親戚《しんせき》連中を押さえこんで基熙を跡継ぎに指名、命が狙われることを懸念して、仙洞御所《せんとうごしょ》で庇護した。

その近衛基熙が害されたとなれば、後水尾法皇が激怒するのは当然のことである。

「主上でもおそれるお方を敵に回せるわけないわな」

近衛基熙がより唇を吊りあげた。

後水尾法皇は天皇であったころ、幕府を徹底的に嫌い抜いた。幕府が朝廷の、天皇の権威をないがしろにして、押さえこもうとしたことに反発したのだが、そこに中宮として秀忠の娘和子を押しつけられたというのもあった。

「おかわいそう」

当初、親の敵のように見られていた和子が、幕府のやり方に激怒、京都所司代板《いた》倉周防守《くらすおう》を呼びつけて叱りつけ、さらに江戸の秀忠へ絶縁状を送りつけたことで、二人の仲に変化が起き、異常なほど睦《むつ》まじくなった。

なんと後水尾法皇と和子の間には二男五女が誕生している。ただ男子二人が、公家たちの策謀で夭折してしまった。

「…………」

失意に落ちた和子を見ていた後水尾法皇が激怒したのは当然であった。

「天皇の皇子を……」

後水尾法皇は以降、公家を信用していない。

そんなところにお気に入りの近衛基熙に何かあれば、どうなるかは言うまでもなかった。

「お帰りを」

不満そうな顔をしながら、弾正尹が三郎と小林平八郎を放免した。

「なあ、弾正尹」

「なんでおじゃりまする」

話しかけた近衛基熙に、弾正尹が反応した。

「朝廷の決まりに水差すようなまねはやめとき。辛抱してたら大納言くらいにはなれるんやで」

「…………」

近衛基熙がそう言い残して歩き出した。

じっと見送っていた弾正尹が、近衛基熙たちの姿が見えなくなるのを確認して、背を向けた。

「片付けとき。あと、言わんでもええやろうけど、口外禁止や」

「……はっ」

弾正大疏が剣呑《けんのん》な空気を読んでうなずいた。

「あの二人はどういたしまひょ」

「さっき言うたやろ。片付けときと」

「………」

冷たく言われた弾正大疏が無言で下がった。

「近衛中納言が出てきたちゅうことは、しっかり摑《つか》まれているちゅうわけか」

弾正尹が呟いた。


屋敷へ戻った三郎は、近衛基熙から錦屋を紹介された。

「吉良上野介でござる」

「お初にお目にかかりまする。京着物、小間物を取り扱っております錦屋と申しまする。どうぞ、よろしゅうお願いをいたしまする」

近衛基熙の仲立ちで三郎と錦屋が名乗り合った。

「多治丸、この御仁が手立てか」

「そうや」

「…………」

確認した三郎に近衛基熙がうなずき、二人の親しさに錦屋も弾正尹同様の驚愕《きょうがく》振りを見せていた。

「なあ、錦屋」

「……な、なんでございましょう、権中納言さま」

呆然としていた錦屋が慌てた。

「急ぎで江戸へ書状を頼みたいんやが、ええか」

「江戸へ急ぎでございまするか。吉良さまのお屋敷まででございますな」

察しの悪い商人は大成しない。

しっかり錦屋は今回の話の裏を理解していた。

「どうや」

「足の速いのを用意させますわ」

「切手は大丈夫か」

近衛基熙の求めに応じた錦屋に、三郎が懸念を口にした。

関所を通るためには切手、通行手形が要る。京ならば、京都代官五味藤九郎豊旨《ごみとうくろうとよむね》に届出て、証文を発行してもらわなければならなかった。

「大事ございまへん。京都代官さまとは親しくさせてもろうてます」

自信を錦屋が見せた。

「いつ出られる」

「明日の昼過ぎには出られましょう」

問うた近衛基熙に錦屋が答えた。

「そうか。さすがやの。三郎」

「わかった。今日中に書状をしたためる」

言われた三郎が首肯した。

「では、わたくしはこれで」

錦屋が帰っていった。

「……よかったのか」

商人がどういうものかは、父吉良義冬から教えられて知っている。というか音物《いんもつ》の多い高家は、その処分で商家との付き合いがある。

節季の贈りものはもちろん、勅使接待、院使接待、日光《にっこう》参拝、寛永寺《かんえいじ》代参と大名は幕府から臨時の役目を押しつけられた。そして、それに応じた礼儀礼法が要る。その教育をするのが高家であり、相応の礼を取った。

白銀と呼ばれる現金の礼もあるが、余りに露骨であるのと多寡が真正面に出てしまうというのもあり、多くは白絹の反物や名のある茶器や刀剣などになる。

言うまでもなく、こういった品は抱えていても困る。茶器などは高家の見栄として、立派な道具であれば使用もできるが、それほどの銘品をくれることはなく、そこそこの品が多い。そのていどのものを茶会で使用しようものなら、肚《はら》のなかで笑われてしまう。

白絹やそういった道具を金に換えるための商人の出入りは、高家の一つの面でもあった。

「皇統の大事やで。持っているものをすべて出してもなさなあかん」

近衛基熙が手札を切ったとあっさり認めた。

「すまぬ」

「なにを言うてるねん」

感謝する三郎に、近衛基熙が手を振った。

「皇統の一件だけでももとはとれる。そのうえ、いつでも三郎との間に気付かれず、連絡が取れる。ほれ、得しかないやろ」

「書状を盗み見られるということは」

危惧を三郎が口にした。

「でけると思うか」

近衛基熙の雰囲気が変わった。

「そんなまねをしたとわかったら……朝廷を敵に回すことになる。朝廷から嫌われた商人が京で生きていけるとでも」

「同じ公家から頼まれたなら……」

「近衛以上に格の高い公家はないで」

三郎の懸念を近衛基熙が一蹴《いっしゅう》した。

「それにな、公家というのはつごうのええ連中でな。その筆頭である麿が言うのもなんやけどな、裏切らせといて、裏切るようなやつは信用でけへんと切り捨てるのが、公家というもんや」

「なんというか、鬼だな」

近衛基熙の言葉に三郎がため息を吐いた。

「そうせんと二千年を生き抜いては来られへんわ」

「…………」

三郎があきれた。

「ということで錦屋は絶対裏切らへん」

「わかった」

近衛基熙がそこまで言うならばと、三郎は納得した。

「では、失礼して、書状を認《したた》めてくる」

「そうしてくれ。一応、封をする前に見せてくれや」

確認したいと近衛基熙が告げた。

「頼む。吾だけでは、とても畏れ多くて皇統のことは書ききれぬ」

三郎がうなずいた。

第四章　縁と絆

一

目付《めつけ》の持ちこんできた話は、高家《こうけ》たちを動揺させた。

「礼儀礼法は、高家が担うべきもので、目付ごときに口出しをさせるわけには参るまい」

拒むべきだという者もいれば、

「他人を見張るなどという役目は、気高き高家のいたすことではござらぬ」

任せてしまえという者もいる。

ことがことだけに、芙蓉《ふよう》の間でするわけにもいかず、高家一同は吉良義冬《きらよしふゆ》の屋敷へ集まっていた。

「左少将《さしようしよう》どのは、いかがお考えかの」

品川内膳正《しながわないぜんのかみ》が吉良義冬に問いかけた。

「お目通りのたびに書院あるいは広間へ出張り、拝謁を賜る者の一挙一動を見張る。たしかに面倒ではござる」

吉良義冬が続けた。

「しかし、高家の権能を目付に譲るというのは、いささか気に入りませぬな」

どっちとも取れるように吉良義冬が答えた。

「ふうむ」

「権能を奪われるのはよろしくないか」

高家たちが悩んだ。

「問題は二つござる」

「二つ……なにとなにでござろう」

吉良義冬の言葉に、上杉宮内大輔《うえすぎくないたいふ》が首をかしげた。

「お聞かせいただきたいの」

大沢内膳《おおさわないぜん》も興味を見せた。

「よろしいかの、ご一同」

念のために確認を取った吉良義冬が、話を始めた。

「一つは、ご一同のなかに監察として、礼金などをもらわれた方はおられぬかの。ああ、目通りの作法を前もって教えたというのは別でござる。謁見の場でしくじった者を見逃してということじゃ」

「なにをっ」

「そのようなことは」

内容に、一部の高家が反応した。

「ここで話をしたことは、一切、屋敷の外へ持ち出さない。それは最初に申しあげておりましょう」

密談というのは、そこだけで終わらせなければならない。もし、外へ漏れたならば、二度と密談の場は設けられなくなるし、漏らした者は弾かれる。

「…………」

幾人かの高家が互いに目を向け合った。

「その場ではござらぬが、目見えの作法を教えていたときに、なにかあったときにはよしなにと金品をいただいたことがござった」

「同様でござる」

何人かの高家が口を開いた。

「よくぞ、ご正直にお打ち明けいただいた。わたくしも少し前になりまするが、何度か見逃したことがござる。ああ、もちろん公方《くぼう》さまへの無礼ではございませぬ。手を突くときの指先、顔を上げるときの早さなど、些細《ささい》なことでございますが」

言いわけを付けて、吉良義冬が述べた。

「拙者もそうでござる」

「わたくしも」

あわてて見逃したことがあると申告した高家たちが同じだと合わせた。

「まあ、そのあたりはよろしいでしょう。さて、一つ目の懸案でございまするが、その礼を失ってしまうということでござる」

「礼金がもらえなくなる……」

品川内膳正が眉間《みけん》にしわを寄せた。

「ああ、おまちがえなきように。目通りの作法などを教えることはなくなりませぬぞ。問題は、謁見の場に我らが同席しなくなりますので、見逃してくれという意味での礼はもらえなくなるということでござる」

手を振って吉良義冬が説明をした。

「ふむう」

聞いた品川内膳正が腕を組んだ。

「金が入らなくなる……」

大沢内膳が難しい顔をした。

「それは避けたい」

高家は旗本として禄《ろく》の多いほうだが、身分も高い。そして身分には格が伴い、格を維持するには金が要った。

「お待ちあれ」

ずっと黙っていた日野伊予守資栄《ひのいよのかみすけよし》が口を開いた。

日野伊予守は、京の公家日野家の分家筋にあたり、徳川家光《とくがわいえみつ》によって高家になった。

高家としては戸田《とだ》家、中条《なかじょう》家と並んで新参になる。

「なにかの、伊予守どの」

品川内膳正が新参の口出しに、不快そうな顔を見せた。

「目付は執念深うござるぞ」

「むっ」

日野伊予守に言われた品川内膳正が唸《うな》った。

「一度目付が申して参ったのでござる。今回は拒めても、かならずまたぞろ要求して参りましょう」

家光から高家に任じられるまで、千石ほどで無役の旗本であった日野伊予守は、目付の監察を受ける立場でいた。もちろん、目付に咎《とが》められるような経験はないが、それでもそのしつこさなどは知っている。

「また断ればよい」

品川内膳正があっさりと言った。

「あきらめませぬぞ」

「たかが目付、なにほどのことがござろうか」

上杉宮内大輔もうそぶいた。

「目付に目を付けられるというのは、面倒でございまする」

首を横に振りながら、日野伊予守が続けた。

「たしかに高家は別格でござる。なれど、旗本には違いございませぬ」

「…………」

日野伊予守の発言に誰も反論できない。

「ずっと城中で目付に見張られる。それをお望みなれば、拙者の申すことは余分でござる。これ以上は口を閉じましょう」

まだ出しゃばるなと言うなれば、これ以上は沈黙しようと日野伊予守が宣言した。

「どういたそうか」

あらたに投げこまれた問題に、品川内膳正が困惑した。

「その前に、まずは左少将どののもう一つを聞いてみるべきではござらぬか」

大沢内膳が告げた。

「たしかに。左少将どの、もう一つをお話しいただけるか」

上杉宮内大輔が吉良義冬を促した。

「よろしかろう。といったところで、伊予守どのの言われたこととかぶるようではござるがの」

吉良義冬が首肯した。

「伊予守どののご懸念は、ずっと城中におる間中、目付に見張られることになる。それでよろしいな」

「けっこうでござる」

確認された日野伊予守が首を縦に振った。

「同じようなものではござるがの。もし、我らが礼儀礼法監察の権を目付に預けたといたして……」

そこまで言って、吉良義冬は一度一同を見回した。

「我らは咎められる対象になるのでござろうか」

「馬鹿なっ」

「高家が礼儀礼法で、他職の者に咎められるなどありえぬ」

吉良義冬の問いに、一同がざわついた。

高家が混乱したのも当たり前であった。高家は幕府の礼儀礼法を司《つかさど》る。監察だけでなく、指導を幕府から命じられている。いわば、礼儀礼法の師範になる。

その師範が、弟子ですらない目付によって、礼儀礼法がなっていないと糾弾される。

あらためて言わずともわかるが、もし、目付によって高家がなっていないと叱られたら、面目丸つぶれどころではなくなった。

「なにをいたしておる」

幕府、あるいは将軍から叱られる。

「よくそれで高家と言えたわ。役目を解く」

軽くて高家を辞めさせられる。

「高家として与えていた禄を召しあげる」

続いて減禄される。

高家に役高や役料はない。ただ、高家になるときに加増を受けたり、している最中に褒美として加封されていた。高家でなくなれば、それは取りあげられる。

「官位を停止する」

左近衛少将だとか、伊予守だとか、内膳正だとかといった官位が剝奪《はくだつ》される。

高家だった者にとって、官位を失うというのは非常に厳しい。

武家の官位は令外《りょうげ》とされているが、それでも朝廷における官位に準じている。

厳密にいえば、昇殿できる者を公家といい、それ以下を貴族と呼ぶ。昇殿できる者は概《おおむ》ね三位《さんみ》以上、あるいは四位以下でも侍従《じじゅう》の官職に就いている者とされている。ようは吉良義冬や三郎《さぶろう》は侍従を兼任しているため昇殿できるが、日野伊予守は昇殿できない。この差は大きく、高家のなかでは、先達、肝煎《きもいり》よりも重く扱われた。

それだけ官位にこだわる高家から、位階が剝奪される。

「もと伊予守どのよ」

剝奪されれば、前《さき》という扱いは受けない。

極端だが、地下人とされるのだ。

「茶を淹《い》れよ」

「腰をもめ」

こう言われても文句は言えなくなる。

さらに一度高家の地位を剝奪されてしまえば、再任は難しい。今のところ、高家の再任は一例もない。

つまり、名門としての地位を奪われるに等しかった。

「目付に礼儀礼法などわかるまい」

品川内膳正が嘲笑《ちょうしょう》した。

「学びたいと来訪されたらどうなさる」

吉良義冬が問うた。

「……教えぬ」

教えるということは、己で己の首を絞めることに繫《つな》がる。

問われた品川内膳正が首を横に振った。

「高家が礼儀礼法を問われて教えぬなど、それこそ鼎《かなえ》の軽重を問われるぞ」

礼儀礼法は高家の家職である。それを大名、旗本に教えるのも役目の一つであった。

「…………」

指摘された品川内膳正が黙った。

「まあ、体調が悪い、つごうが合わぬなど、教えぬ理由はいくつでもあるが……」

「そうじゃ、いくらでも言いわけは利く」

嘆息しながら言った吉良義冬に、品川内膳正が強くうなずいた。

「だが、目付に任じられる前の者だったら、どうする」

「それは……」

品川内膳正が困惑した。

目付はその性質上、独特の引き継ぎをしていた。

「某《なにがし》、何役を命じる。励め」

目見え以上は通常、組頭に呼び出されて報《しら》される。次に町奉行《まちぶぎよう》や勘定奉行《かんじよう》のような高位の役目となれば、黒書院あるいは白書院で将軍臨席の上、老中《ろうじゆう》から任命される。

しかし、目付だけは違った。

目付から遠国奉行《おんごくぶぎょう》などへの転任は町奉行とほぼ同様であるが、他役、あるいは無役から目付への就任は、入れ札であった。

「某の欠員補充について、ふさわしいと思う者の名前を」

まず候補となる者を推薦する。

「その者は、親がかつて罪を」

「本家が外様《とざま》大名でござる」

続いて候補となった者のあらを探し、減らしていく。

「残ったのは、誰と其れか」

こうして候補を二人、ないしは三人くらいに絞り、

「では、よいと思う者の名前を札に書かれよ」

投票する。

「六人が其れに入れたゆえ、新たな目付はこの者といたす」

こうして追加を決める。

変わったやり方だが、こうすることで一人の老中や若年寄《わかどしより》といった権力者のごり押しを避けるのである。

それだけに入れ札が終わるまで、誰が目付になるかがわからない。

「すべての旗本の指導を断ることはできまい」

「できぬの」

吉良義冬の言葉に品川内膳正が同意した。

「となれば、目付の要求を拒むのは、あまり良策とは言えぬ」

上杉宮内大輔が、話をまとめるように言った。

「だからと申して、唯々諾々と目付に譲るなど、高家を軽く見られることになる」

「たしかに」

品川内膳正の怒りに、大沢内膳が同じ思いだと言った。

「とりあえずは、断りましょうぞ」

吉良義冬が述べた。

「ただし、次は条件を付けて認めようではないか」

「条件……」

不思議そうな顔で上杉宮内大輔が吉良義冬を見た。

「まず、一年ほど目付が礼儀礼法を監察する場に、高家の誰かを同席させ、意見を伺うように」

「なるほど。高家が目付を指導していると見せつけるわけか」

品川内膳正が納得した。

「続いて、礼儀礼法にかかわることで、高家を訴追せぬこと」

「それは当然でござるな。我らこそ礼儀礼法の本家である」

続けた吉良義冬の言葉に、上杉宮内大輔が首を縦に振った。

「どうせならば、高家は監察せぬと」

大沢内膳が厚かましいことを言いだした。

「それは目付が認めますまい。下手をすれば、目付を頑《かたく》なにしかねませぬぞ」

吉良義冬がやりすぎはまずいと首を左右に振った。

高家といえども役職である。名門という条件が付くため、世襲に近いが、それでも家督相続をしてから高家に任じられるまで、わずかとはいえ間が空くときもある。そこを目付に突かれては、防ぎようがなかった。

「残念でござるな」

監察されない家柄となれば、子孫が多少のことをしでかしても逃げられる。それを期待していたらしい大沢内膳が嘆息した。

「では、そのように」

吉良義冬が集まりの終了を告げた。

二

急な用件があろうとも、身分の高い者はそうそう集まれない。それも公にできることならばまだしも、密事となれば表立っての調整は難しかった。

「急用でおじゃる」

「悪いとは思うが、今宵の約束は延ばしてくれや」

こういった無理は、他人の興味を惹《ひ》く。

目立たぬように予定を変更し、目立たぬように集まるのに、二日がかかった。

「なんや、弾正尹《だんじようのいん》」

いつもの会合とは違った召喚に、歳老いた声が不満そうに言った。

「明日でよかったんと違うんかいな」

概ね三日ごとに会っている。一日待てないほどの急用などあるまいと別の声が文句を言った。

「あかん」

弾正尹が闇のなかで強く首を横に振った。

「なにがおじゃった」

歳老いた声が問うた。

「あの近衛に来た武家やけどな」

「おおっ。今出川《いまでがわ》御門《ごもん》の衛門どもからなにか聞こえたか」

気怠《けだる》げな雰囲気が、興味深いものへと変化した。

「あの武家は、高家じゃ」

「高家……幕府の似非《えせ》公家か」

告げた弾正尹に、歳老いた声が返した。

武士でありながら、公家のような振りをする高家のことを、朝廷の者は偽者と陰で呼んで馬鹿にしていた。

「高家がなんで近衛に」

もう一人の声が疑問を呈した。

「……その高家は、吉良ではないかの」

ふと思い出したと歳老いた声が言った。

「そうじゃ、吉良上野介《こうずけのすけ》と申しておったでおじゃる」

弾正尹がうなずいた。

「上野介……吉良の当主は左少将ではなかったかの」

もう一人の声が首をかしげた。

「息子でおじゃるわ」

歳老いた声が告げた。

「高家の息子ならば、上野介も妥当でおじゃろう」

「従四位下《じゅしいのげ》でもか」

それがどうかしたのかといったもう一人の声に、歳老いた声が告げた。

「嫡男に従四位下じゃと」

もう一人の声が絶句した。

「そちはその場におれなんだから、知らぬのでおじゃるな」

「…………」

身分が、格が足らないと言われたもう一人の声が黙った。

「頭中将《とうのちゅうじょう》はん」

弾正尹が歳老いた声を咎めた。

「ふん」

頭中将と呼ばれた歳老いた声が鼻を鳴らした。

朝廷では昇殿できるかどうかで、大きな違いがあった。

基本三位以上あるいは侍従になれば昇殿できる。もちろん、五摂家《ごせっけ》の嫡男は官位不足でも問題はないというか、無理矢理侍従にする。

ただ、それ以外は昇殿を認められていなかったため、どうしても情報や動きに疎くなったり、遅くなったりした。

「異例でおじゃるな」

弾正尹もう一人の声を無視して、近衛基熙《このえもとひろ》が三郎を従四位下という地位に就けたことに興味を示した。

「たしかに吉良は何度か上洛《じょうらく》しておるが、近衛権中納言《ごんのちゅうなごん》と顔を合わせた記録はないはずや」

頭中将も混乱していた。

「金……」

「吉良から息子の任官の手助けをしてくれと頼まれた……」

弾正尹と頭中将がそろって悩んだ。

そのていどで四位は高すぎる。なにせ、父親で当主の吉良義冬でさえ、従四位下左近衛少将《さこんえのしょうしょう》なのだ。

「慣例を破るような昇任は、反発を買うだけぞ。その反発を抑えるだけの金を遣うなら、息子を四位下にせず、己を四位上あるいは、従三位にするほうが楽や」

頭中将が面倒くさそうに言った。

「高家を三位にした前例はないで」

省かれていたもう一人が口を挟んだ。

「令外じゃ。いくらでもやりようはある」

事実将軍は基本として従一位あるいは正二位、御三家は従二位から従三位と、十二分に昇殿できる。

また、老中になれば、皆従四位侍従となるのも、昇殿できるという格を与えるためであった。

「なんぞ、裏はあるんやろう。それはわかってるんか」

頭中将が弾正尹に訊《き》いた。

「…………」

弾正尹が黙った。

「知らんのかいな。それくらい調べとき」

「ほな、教えてもらえまっか」

もう一人が頭中将に問うた。

「知るわけないやろ。武家の官位なんぞ、理由あれへん。上奏されたとおりに認められるのが慣例」

ものを知らんやつやと、頭中将があきれた。

頭中将とは蔵人頭《くろうどのとう》と近衛中将を兼任するもののことである。

朝廷の内政を司る蔵人頭と武官としての近衛府中将を兼任する、朝廷のすべてを知るといってもおかしくはない要職であった。定員は二名、官位は従四位であることが多く、五摂家の嫡男が朝廷というものを学ぶために数年任じられることが慣例であった。といっても、絶えずちょうど良い五摂家の嫡男がいるわけでもないので、中堅どころの公家が上がり役として務めていた。

「ほな……」

「弾正尹は探索も役目でおじゃろう」

先ほどやりこめられた復讐《ふくしゅう》とばかりに、それをあげつらおうとしたもう一人を頭中将があしらった。

「…………」

もう一人が反論できなかった。

「近衛の小者を籠絡《ろうらく》するというのは、どないなってん」

「……しくじった」

「金を惜しんだな」

苦い顔をした弾正尹に、頭中将が嘆息した。

「将来のためやろ。ちいとは張りこまんかいな」

「出せる金があるほど余裕はないわ」

情けないと首を横に振る頭中将に、弾正尹が怒った。

「金やけどなあ、白狐からなんぼかもらえんか」

もう一人も情けない声を出した。

「阿呆《あほう》やなあ。女官ほど金に困っている者《もん》はいてへんわ。あやつらは、節季や行事ごとに衣装を替えなあかんねんで」

頭中将がもう一人の無知にあきれはてた。

「どないしたらええんや」

弾正尹が焦った。

「高家に顔を見られてしもうたがな」

「気にせんでもええやろ。向こうはこっちがなにをしたいと考えてるかまではわかってへん」

頭中将が手を振った。

「それが、権中納言が気付いているようや」

「権中納言が……まだ子供やで」

弾正尹の言葉に、頭中将が疑わしいと言った。

「それがやな、別れしなに、おとなしくしてたら、大納言までいけるやろと」

「……ほんまか」

すっと頭中将の雰囲気が変わった。

「近衛が知ってるということは、他の五摂家も……」

もう一人が震えた。

五摂家の近衛、一条《いちじょう》、二条《にじょう》、九条《くじょう》、鷹司《たかつかさ》は、大織冠藤原鎌足《たいしょくかんふじわらのかまたり》の裔《すえ》のなかでももっとも本流に近い。普段は、一つしかない摂政《せっしょう》、関白《かんぱく》といった地位を争う好敵手同士ではあるが、その成り立ちと地位の高さから、皇統に血を入れ、受け入れ、さらに五摂家同士で通婚や養子縁組を重ねてきている近い親族でもあった。

「許しがたし」

皇統の侵略あるいは、五摂家への攻撃などがあれば、つい今まで関白の座を争っていたとは思えないほど、あっさりと手を組み、外敵へ対抗する。

「あかんな」

ようやく頭中将から、からかうような気配が消えた。

「麿《まろ》たちの企《たくら》みが成功すれば、五摂家はその格を落とす」

「そうなるわなあ。帝《みかど》の勅で麿たちは朝廷の頂点に立ち、官をきわめることになるからの」

弾正尹が同意した。

「五摂家より上の家ができる。そんなもん、認めるはずはないわ」

「なんでばれたんやろ」

「そんなもん、後で考えたらええ。今は、どうやって生き延びるかが先やろうが」

公家の口調もかなぐり捨てて、頭中将がもう一人を怒った。

「弾正尹、おまはんの権で、吉良を捕まえてしまえ」

頭中将が命じた。

「できるんか」

言われた弾正尹が困惑した。

「左大臣《さだいじん》以下は弾正尹の範疇《はんちゅう》やろ」

「武家は令外やで」

怒鳴るような頭中将に、弾正尹が言い返した。

「令外……」

一瞬頭中将が詰まった。

弾正尹も律令の定めるところに従って、役目を果たす。すでに朝廷が武家に力を奪われて久しいうえ、弾正台自体も検非違使《けびいし》にその権能を委譲させられており、現実は名前だけと化している。

「ほな、権中納言を……」

「無茶言いな。五摂家筆頭、皇別家とまでいわれる近衛に手出しなんぞできるわけないやろうが」

弾正尹が頭中将に怒鳴り返した。

「……………」

頭中将がその勢いに口をつぐんだ。

「そっちこそ、朝議で話題にしたらどないやねん。高家が御所内をうろついているが見逃してええんかと」

弾正尹が頭中将を指さした。

頭中将は朝議に出た天皇の世話をする。

「主上、このような……」

天皇の耳に近衛基熙のことを囁《ささや》くことができた。

「……それしかないか」

いかに格別な家柄であっても、天皇から命じられれば従わざるを得ないし、五摂家がなんとか結託して、その勅を解こうとしてもときはかかる。

「権中納言を謹慎させて、高家を御所から放逐。そこまでやぞ、麿がでけるのは」

さすがに検非違使を使って高家を捕まえるわけにはいかなかった。

「京都所司代《きょうとしょしだい》が出てくるまでに、なんとかせんならん。それはそっちでやってもらおうやないか」

頭中将が弾正尹へと要求した。

「どないせいと」

「御所の外で死んでくれたら、話はそれですむやろ」

「勝てへんわ、あやつや、剣遣いおる」

目の前で三郎と小林平八郎《こばやしへいはちろう》の腕を見ているのだ。

弾正尹が怯《おび》えた。

「人を遣いな」

「金がないわ」

話が戻った。

「おまはん、さっきから黙ってるけど、なんも働かんつもりか」

頭中将がもう一人に目を向けた。

「磨にできそうなことはないやろ」

もう一人が目をそっとそらした。

「知らんと思うてるんか、おまはん、屋敷で博打《ばくち》やってるやろ」

「……なんでっ」

弾正尹に指摘されたもう一人が動揺した。

「いろいろと噂が集まんねん、弾正台にはの。幕府の手が入らへんからというて、ちと派手にしすぎぎや」

「人手はおまはんが用意しいや。でけへんかったら、仲間から外すで」

弾正尹と頭中将がもう一人を責めた。

「一人、功績なしやったら、もらえるもんも少なかろ」

「……二日前には報せてくれや。こっちにも都合がおます」

頭中将から脅されたもう一人が、苦い顔で引き受けた。

三

近衛屋敷に戻った三郎と近衛基熙は、二人きりで一室に籠《こ》もった。

「あのまま終わると思うか」

「そこまで極楽な頭をしてるとは思えん」

三郎の問いに近衛基熙が苦笑した。

「襲い来るか」

「麿の屋敷をか。それはないわ」

近衛基熙が手を振った。

「御所の外ならまだしも、今出川御門の隣やで。もし、屋敷になんぞあったら、衛門府はただではすまへん。それこそ、洛中《らくちゅう》をひっくり返してでも、馬鹿を探し出す」

「その衛門が弾正に通じてたぞ」

「弱い者は、どこにでもおるやろ。金、女、名誉。そのどれか一つでも人が揺らぐには十分やろ」

「……女って、多治丸《たじまる》」

語る近衛基熙に、三郎が目をすがめた。

「いろいろあんねん。公家にはなあ。三郎ももうじきやろ。かならず、子孫を残さなあかん。それが名家に生まれた者の定め」

近衛基熙があっけらかんと笑った。

「……女かあ」

「錦屋《にしきや》に頼んだるよって、島之内《しまのうち》でも行くか」

「島之内……」

「遊郭や」

首をかしげた三郎に、近衛基熙が答えた。

「そんなまねできるか」

三郎が拒んだ。

「当主になったら、行かれへんぞ」

近衛基熙が小さな笑いを浮かべた。

高家は年賀祝賀使あるいは、除目《じもく》の交渉使として幕命で上洛する。役目柄、幕命だけではなく、五摂家をはじめとする高位の公家や武家伝奏の役目を担う公家との交流もする。

なかには便宜をはかってもらうために接待をすることもあるが、まさか公家を連れて遊郭に行くわけにもいかない。

「高家が木屋町《きやまち》で遊んでいた」

そういった名前を汚すようなまねはできないのだ。

「京女を知る機会やぞ」

楽しそうに近衛基熙が誘惑した。

「歳上をからかうな」

三郎が近衛基熙に手を振った。

「あかんなあ。相変らず固いわ」

近衛基熙が大きく口を開けて笑った。

「戯れはそのくらいにしてくれ」

斬り合いより疲れたと、三郎がため息を吐いた。

「そうやな。続きはまた後でや」

「…………」

あきらめていない近衛基熙に、三郎が黙った。

「さて、あいつらがなにをしてくるかやけどなあ。一つは三郎と従者を弾正台によって、捕らえることやろう」

「今日、しくじったばかりだぞ」

「あれは、麿が出たからや。さすがに近衛の名前相手に、弾正台は動けん」

まさかと言った三郎に、近衛基熙が首を横に振った。

「同じことの繰り返しになるだけだろう」

あり得ないと三郎が否定した。

「だからこそ、あるのだ」

声を重くして近衛基熙が断言した。

「三郎、公家については、麿のほうがよく知っている。公家に武力はないが、策はある。それも他人の心の隙を狙う策がな。同じところに宝はないと思わせて、そこへ隠す。人というのは一度調べたところは、二度手間をかけない。それをよく知っているのが公家ぞ」

「なるほど」

三郎が納得した。

「令外の官ではあるが、それを言い出せば検非違使もそうなる。律令のなかに含まれない新しい役目は別だと言い出せば、弾正台の意味がなくなる。一応の抗議はできても、一度は捕らえられよう」

「ふむ。そのとき手向かいはしてよいのか」

今日のように弾正台の役人たちを排除しても問題にはならないかと、三郎が確認を求めた。

「できれば、避けてもらいたい。下の者は、命じられたことをしているだけだからの」

「だが、こちらとしても捕まるわけにはいかぬぞ」

密かに上洛してきている。一応、領地を次代の当主として視察するという名目は立ててあるが、そのついでに京見物というのは、あまりに距離がありすぎて厳しい。

「それよなあ」

近衛基煕も腕を組んだ。

「捕まって、多治丸が救いの手を伸ばしてくれるまでに、どのような目に遭わされるかもわからぬ」

牢《ろう》に入れて放置とはいかないだろうと三郎は危惧《きぐ》した。

「あまり愚かなまねはせぬと思うが……」

自信なげに近衛基熙が口ごもった。

「追い詰められた者はなにをしでかすかわからぬ」

「他にできることがあっても、追い詰められれば、逃げるか戦うかしか頭になくなる」

三郎も呻吟《しんぎん》した。

「むううう」

近衛基熙が唸った。

「のう、多治丸よ。あの弾正とその他の与《くみ》している者どもは、吾《われ》が京にいる理由をどう考えておるのであろうか」

「三郎が上洛してきた用件……」

尋ねられた近衛基熙が思案した。

「……麿が呼んだと思っている」

少し考えて近衛基熙が答えた。

「おそらく、そう思っているはずじゃ。まさか、吾が勝手に上洛してきたとは思ってておるまいよ」

三郎がうなずいた。

「要らんことを言うてしもうたわ」

近衛基煕がため息を吐いた。

「あの愚か者におとなしゅうせいなんぞ、言うべきやなかった」

「あれか」

三郎も思い出した。

「麿もまだまだやなあ。あれで皇統をめぐっての密謀があることを、知っていると教えてしもうたわ」

「結果から見ればそうなるが……あれはしかたなかろう」

「腹立たしいあまりやったが、浅すぎる」

がっくりと近衛基煕が頭《こうべ》を垂れた。

「多治丸……」

すっと三郎が近衛基煕の側に近づき、背中を撫《な》でた。

「こんな失態を晒《さら》して、五摂家の当主としてやっていけるんやろうか」

「悪いが、それはわからぬ。吾は武家じゃ。いかに高家というたところで、公家のことはわからん」

それについては慰めようがないと三郎が首を横に振った。

「されど、よいのではないか」

「…………」

言う三郎に近衛基熙が顔をあげた。

「いずれ、言いたいことも言えなくなるときが来る。それまでは構わぬのではないか」

「三郎、おぬしと違うて、麿はもう近衛の当主じゃ」

近衛基熙が首を左右に振った。

「たしかに近衛の名乗りは、多治丸だけじゃ。だが、多治丸はまだ権中納言であろ」

三郎が続けた。

「まだと申すなよ。これでも権中納言ぞ」

「すまぬ」

素直に三郎が詫びた。

権中納言は、朝廷のなかでは従三位としてさほどの高位ではないが、幕府でいえば御三家の水戸《みと》家当主がかろうじて手のとどく高官になる。

「だが、権中納言とは五摂家の当主ではなく、嫡子の官位であろう」

「かならずしも、そうだとは限らぬが、まあ、そうじゃの」

近衛基熙が認めた。

五摂家の当主は年齢とか、家督を継いで何年になるか、天皇との関係がいい、悪いなどによって多少変化するが、大納言以上が普通であった。

近衛家は五摂家のなかでも筆頭格ということもあり、代々の当主は大臣《おとど》に任官するのが通例であった。

「怒るなよ」

まず三郎が釘《くぎ》を刺した。

「朝廷は、まだ多治丸を庇護《ひご》する立場だと見ているのではないか」

「半端者だと」

「だから、怒るなと言っただろうが」

眉間に皺《しわ》を寄せた近衛基熙に三郎が苦い顔をした。

「怒るわ。近衛の当主を子供と言ったのだぞ」

近衛基熙が抗議した。

「最後まで話を聞いてくれ」

「……申せ」

不機嫌を隠すことなく、近衛基熙がうながした。

「一言くらい気にするなということだ」

「失敗だぞ」

「そんなもの、失敗に入らぬ。皇統に不都合が起こったとき、その責を取るのが五摂家であろうが」

「………」

近衛基熙が沈黙した。

「たしかに、相手に知られたのはまちがいない。だが、謀《はかりごと》なぞ、いずれは漏れる。そうだろう」

「なれど、警戒をさせてしまった」

「それよ」

「どれだ」

手を打った三郎に、近衛基熙が首をかしげた。

「警告を受けた連中はどうする」

「姿を潜めるだろう」

訊かれた近衛基熙が答えた。

「動きにくかろ。今までなれば、弾正尹は誰を訪ねても気にしなかっただろう。だが、今、どこかを訪ねれば……」

「そやつも仲間だと見られるか」

三郎の言葉に近衛基熙が目を見開いた。

「目くらましもあろう。適当にかかわりのない者と会うくらいのことはするだろうが、それでも今までのようにはいくまい」

「ああ」

ようやく近衛基熙の顔に余裕が出てきた。

「やつらに枷《かせ》をはめたと思えばよい」

「そうじゃな」

言われた近衛基熙がうなずいた。

「とはいえ、相手が穴に潜んでいると思いこむのはよろしくない」

「小者ほど辛抱できないものだからの」

動かないほうがいいとわかっていても、我慢できないのが、悪事を企む者である。じっとおとなしくしていれば、痕跡《こんせき》もなくなる。

「……………」

無言で三郎が近衛基熙の考えを肯定した。

「江戸《えど》からの返事を待つ間、足留めじゃな。さすがにここにまで弾正台は入って来られぬ。当分、島之内はお預けじゃ」

「そうだな」

近衛屋敷で禁足だと指図された三郎が同意した。

四

吉良義冬のもとに三郎への縁談が持ちこまれていた。

同じ高家はもちろん、数万石ていどの譜代大名、なかには十万石をこえる外様大名もあった。

「いかがでござろうか。当家とご縁を結んでいただけまいか」

同じ高家だと芙蓉の間で、それ以外は屋敷へ人を寄こしての談判になる。

「まだ半人前でございますれば」

吉良義冬は、そのどれにも色よい返事をしていなかった。

「このままというわけにもいくまいな」

三郎は吉良の惣領《そうりよう》息子になる。正室を娶《めと》り、子孫をなす義務がある。弟たちもいるが、幕府の考えかたは長子相続にある。旗本がそれを無視するのは好ましい事態ではなかった。

言うまでもなく徳川でも格別な家柄として遇されている吉良家は早々に婚を約さなければならない。

縁を結んで損はない吉良家は、とくに数万石ていどの外様大名にとって、高家と縁続きになれるのは大きかった。

「其の方に勅使接待を命じる」

「日光《にっこう》参拝の随伴を許す」

幕府からいろいろな命令が諸大名に出る。もちろん譜代大名には、かなり甘い。日光参拝なんぞ、将軍一代で一度あるかないかである。

しかし、外様大名には、毎年勅使接待が命じられた。

勅使は勅諚《ちょくじょう》を預かって、幕府へ伝達する役目の公家のことをいい、格は五摂家よりは低いが、天皇の代行という特別な扱いを受ける。

その勅使が江戸へ入ってから、京へ帰るまでを接待するのが、勅使接待役の仕事であった。勅使饗応《きょうおう》役とも言われることからもわかるように、食事はもちろん、湯茶、夜具、物見遊山の供など、接待役の仕事は多い。

もちろん、去年や過去接待役を務めた大名家が詳細な記録を残してはいるが、それを頼れるかといえば、確実ではなかった。

「どの面下げての願いか」

記録の閲覧を求めてきた大名家と仲が悪かった場合は、拒否されることもある。

「お役に立てるかどうか」

快く貸してくれても、勅使に選ばれた公家が違うと食事の好みや敷物の固さなどが変わってくる。

「麿は生臭を好まぬわ」

「敷物が背中に当たって寝られなかったでおじゃる」

そもそも公家というのは、権威だけで生きている。

「権大納言さまは……」

前はこうだったと言おうものなら、たちまちへそを曲げる。

「勅をお預かりしている麿を軽視するか。これは幕府に申さねばならぬ。此度の接待役は、朝廷を尊じておらぬとの」

「お待ちを」

そんなことを言われては、幕府から咎めを受ける。

お役御免ですむはずはない。幕府は朝廷をくりつけているが、将軍の権威は朝廷が保証しているのだ。朝廷をないがしろにするのは、将軍を尊敬していないと同義になる。

「改易を命じる」

「石高の半分を召しあげる」

まさに数万石ほどの外様大名にとっては、死活問題になる。

「ご指導をお願いいたしたく」

それを助けてくれるのが、高家であった。

高家は公家の接待については、第一人者である。

「何々卿《きょう》は、酒をお好みである」

「鴨は良いが雉《きじ》はお苦手のようでござる」

ずっと公家と交流を重ねてきている。

「今年の勅使は権大納言どのである。権大納言どのは……」

付き合いのある公家から、勅使の情報を手に入れられるので、準備もしやすくなる。

だが、それらの情報はただではなかった。

「よしなにお願いをいたしまする」

「無事に終わりましたならば、主があらためてご挨拶《あいさつ》に参上いたしまする」

前金と後金が要る。

そこに勅使接待の費用がかかってくる。食事、夜具、湯茶、菓子など最高のものを用意しなければならない。それも勅使だけでなく、その供をしている小者にまで及ぶ。

さすがに女を要求はされない。幕府の伝奏屋敷に、どこの誰ともわからない者を入れるわけにはいかないからである。

もっとも江戸へ来るまでの宿場では、かならずといっていいほど、女を要求される。まさに旅の恥はかきすて、たった一度のことで子供ができようとも、公家は責任を負わないし、孕《はら》んだ女もその家族も高貴な血をたまわったと歓喜するので、後々もめることはない。

とにかく、勅使の接待は面倒なのだ。

金を取るがそれを軽減してくれる高家と縁ができれば、外様大名の負担はかなり軽くなる。

さすがに無料とはいかなくとも指導料は大幅に減額される。

「吉良の一門でおじゃるか」

勅使も高家との付き合いを考えて、おとなしくなってくれる。

大名一代の間に一度あるかないかの勅使接待だが、高家と縁があればかなり楽になる。しかも一度婚姻をなせば、少なくとも三代は一門扱いしてもらえる。もし、姫との間に男子ができ、その子が跡継ぎになれば、縁は末代まで続く。

まさに三郎は狙い目であった。

「吉良の為になる相手でなければならぬ」

冷静に吉良義冬は、三郎の縁談を見つめていた。

高家は大名になれない。大名になってしまうと参勤交代をしなければならなくなるからだ。

いや、高家だから認められている従四位という高い官位が大名という格と合致してしまえば、徳川将軍家の一門を凌駕してしまう。それを防ぐには、官位か禄で及ばずという状況を作っておかなければならない。

大名になれないのは、高家の誰もが覚悟している。だが、それは同時に、家としての経済力に限界があるということでもあった。

礼法の家元として同禄の旗本より収入は多いが、高家という役目柄出費は数倍多い。役目で上洛するときの経費も自前になる。これは高家の禄がその役高も含めてのことだと解釈されているからである。

また、京での滞在費、公家相手の接待なども出さなければならなかった。高家は老中、若年寄といった執政と同じく、役目にかかわる扶持《ふち》などはもらえない。

「裕福な家がよい。官位は従五位なれば問題ない」

大名や高禄の旗本には、官位が与えられる。老中が侍従兼従四位になるように、多くの大名は家督を継いだとき、官位をもらう。それが家柄によって、従六位から従四位と違っていた。

数万石の外様大名では、せいぜい従六位でしかなかった。

「六位など相手にするべきではない」

高家という官位にうるさい家柄の正室が六位では困る。不釣り合いというのもあるが、

「何卒《なにとぞ》、お力添えをいただき」

婚家から格式の上げを求められるのが面倒であった。

大名や旗本には、代々の格というのがある。祖先が従四位侍従まであがった家ならば、よほどのことがなければ、そこまではあげられる。これは慣例という名前の

決まりごとであり、先祖が上がった最高位を極官といい、そこまでは認められるという慣例になっている。

そしてこれはまずあがらなかった。

無官だった家が、お役に就いたことで、認められ、官位を得るというのは、ままあった。ただ、官位の上昇はまずなかった。

とくに武家の場合は本人が朝廷へ願うのではなく、幕府がまとめて申請という形を取る。

乱世、徳川幕府ができる前、室町《むろまち》幕府の力が落ちたころならば、大名が朝廷へ金を上納したり、御所を修復したりなどして、官位を願えた。もちろん、これにも前例があり、三河《みかわ》の国主たる証《あかし》である三河守をもらおうとした松平家康《まつだいらいえやす》が前例なしと断られた結果、得川《とくがわ》に名字を変え氏を賀茂《かも》氏から藤原《ふじわら》氏に変更しなければならなかったことは知られている。

だが、これは徳川幕府ができあがるまでの話で、今は大名が直接朝廷と遣り取りすることは禁じられている。

そして、大名や旗本の官位を朝廷と交渉するのは、高家になる。

津軽《つがる》と南部《なんぶ》ほどではないが、仲の悪い大名家というのはある。南部の家老だった津軽が、主家を出し抜いて豊臣秀吉《とよとみひでよし》に交渉し独立した大名になったという因縁と同じように、もと主従の関係にあったとか、戦国のころ仇敵《きゅうてき》であったとか、幕府ができてから藩境でもめ事を起こしたとか、娘をゆえなく離縁したとか、城中で足を踏んだとか、理由はどうあれ、敵対し合う大名はある。

「戦じゃあ」

だからといって力での解決はできない。

喧嘩《けんか》両成敗が幕府の決まりであり、戦を仕掛けたほうも仕掛けられたほうも、咎めを受ける。

では、どうすれば、その恨みや腹立たしさは解消するのか。

一つは大名としての出世である。老中はいうまでもなく、奏者番《そうしゃばん》や寺社《じしゃ》奉行などの役職に就くことで相手より上になる。

次が大名としての格を上げることである。大名には大きく分けて国主、準国主、俗に松の位といわれる十万石以上という差があった。これは外様、譜代にかかわりない家としての力を表す。幕府へ軍籍の負担増を申し出たり、新田を開発したりすることで格はあがる。

そして最後が官位をあげることであった。

従五位と従六位では大きな格差になる。高家はこれに多大な力を発揮できる。ようは、三郎への縁談は、高家を利用したい者たちの行動であった。

「裕福な大名は……」

端から吉良義冬は高家との婚姻を考えていなかった。

高家と高家の婚姻は、家の格式も近い。ただ、互いにとってなんの利もなかった。高家が高家にものを頼むことはない。己でできるのだ。また、経済的援助も望めない。どちらも金に苦労している内情くらい知っている。

「物なりの良い譜代大名あたりがよいな。外様は今よくとも、いつどうなるかわからぬ」

外様大名が幕府から目の敵にされるという時代は終わっているが、もともと幕政からは外されているため、立身出世はなかった。つまり、よほど領内を発展させないと、財政がよくならない。貧しくても援助を求められることはあっても、援助してもらえることはない。

「外様でも池田《いけだ》か、前田《まえだ》なればよいが……」

岡山と鳥取の池田家、加賀《かが》の前田家は言うまでもなく外様の大大名である。ただ、徳川秀忠《ひでただ》の娘を正室に迎え、その産んだ息子、あるいは孫が跡を継いでいることから、外様ながら一門に準ずる扱いを受けている。加賀の前田家に至っては、御三家、越前《えちぜん》松平家と同じ大廊下に席を与えられるほどの厚遇を受けていた。

「さすがに届かぬか」

池田で三十万石をこえ、加賀の前田は百万石である。いくら官位は従四位あたりで近いとはいえ、釣り合いが取れなかった。

「となると……会津《あいづ》中将さまあたりが……」

吉良義冬は会津藩保科《ほしな》家との縁を願った。

会津藩保科家は、御三家よりも徳川将軍家に親しい家柄であった。

保科家自体は、甲州武田《こうしゅうたけだ》家に仕え、その滅亡の後徳川家に組みこまれた小大名であった。それが会津藩二十三万石で大政参与《たいせいさんよ》という、老中以上の役に就いたのは、現当主保科肥後守正之《ひごのかみまさゆき》が、二代将軍秀忠の庶子であったことによる。

正室の嫉妬《しっと》で長男を殺された秀忠は、生まれた正之も危ないと感じ、武田信玄《しんげん》の娘見性院《けんしょういん》に預けた。長じるに従って英邁《えいまい》の片鱗《へんりん》を見せだした正之を哀れんだ見性院は、武田家の重臣で信濃高遠《しなのたかとお》の城主となっていた保科正光《まさみつ》の養子となった。

その正之を異母兄家光はかわいがり、会津二十三万石と四代将軍家綱《いえつな》の後見を任せ、政を預けた。

保科正之を引きあげた家光は、すでにこの世にはいないが、その嫡男で四代将軍となった家綱の信頼は厚い。

「ご一門ではありながら、譜代大名というのもいい」

保科という名字を続けたということからもわかるように、正之は親藩という格式を固持し、譜代大名のままでいる。

一門で二十三万石という大大名となれば、いかに吉良が高家でも届かなかった。

「内証裕福というのもよい」

会津は冬に雪の厳しい土地で物成もいいとは言えないが、それでも石高が多い。

「五万石の預かり地もある」

当初、三代将軍家光は保科正之を三十万石に引きあげようとしていた。

「神君《しんくん》の設けられた御三家の一つ、水戸家の二十八万石をうわまわるのはいかがかと」

周囲から諫言《かんげん》があり、

「なれば二十三万石で隣接する南山《みなみやま》領を預ける」

加増ではなく、預けるということで水戸家を凌駕《りようが》するのを避けた。

もちろん、預かりといっても年貢はもらえる。ようは名義だけ幕府で、所有者は会津藩という形である。それがちょっとした大名にひとしい五万石もある。

「是非とも会津公と縁を繋ぎたいが……三郎と年頃の合う姫はおられたかの」

吉良義冬は保科正之の娘のことを考えた。

「姫は無理だな」

すでに保科正之は五十歳に近い。姫もそのほとんどが嫁していた。

「ご嫡子どのは、そういえば明暦《めいれき》の火事で亡くなられたのであったな」

夭折した長男に代わって会津藩の世継ぎとなった正頼《まさより》は、明暦の火事で消火の指揮を執っていたが、その疲れからか風邪を引き、そのまま亡くなっていた。

「今はどなたであったか」

あらためて会津藩の跡取りとなった人物の目通りを吉良義冬は世話していなかった。

「調べるとしようか」

死んだ正頼よりも現嫡男のほうが若い。正室を迎えていても子供がいるかどうかはわからない。

また娘がいても、三歳や五歳では、まだ嫁入りの話には早い。たしかに二歳や三歳で婚姻を約することもあるが、普通は十歳をこえてからであった。

「いないときは、重臣あたりの娘を保科公の養女とする手もあるが、それでは血が混じらぬ」

養女とはいえ、形としては娘になる。養女の嫁ぎ先だから相手にしないなどというようなまねは保科家の品性を問われる。だからといって、血が入っていなければ、縁が切れるのも早い。その重臣の家になにかあったとき、吉良との縁がまずいものになったとき、あっさりと切られてしまう。

「吉良は高家であらねばならぬ。あり続けていかねばならぬ」

高家は血筋を大事にしなければならない。正室の家柄を考えるのも当然であり、万一、正室との間に跡取りができなかったことも考えておかなければならなかった。

「側室もそれなりの家柄でなければ困る」

武家の婚姻は本人にかかわりなく、家と家との結びつきによって決まる。そのせいか、正室ではなく、好みの女を侍らせられる側室を設ける者も多い。

家臣の娘、商家の娘など、身分をほとんど考えることなく、側室は迎えられる。

ただ、そこに吉良家は、高家は含まれなかった。

好き嫌いで側室を決めれば、子ができやすくはなる。好みの女のもとへ通うのは当然だからだ。

しかし、高家にはそれが許されなかった。

「吉良どのの跡継ぎは、身分低き女の腹から出たらしい」

「商家の娘が産んだ者が高家肝煎とは、世も緩くなったものでござる」

誹謗中傷が始まり、下手をすると吉良家の格が落ちる。

「気を引き締めねばならぬ。高家のなかでも吉良は格別なのだ」

嫡男がいきなり従四位下上野介兼侍従という高官に任じられた。これが吉良義冬に大きな野望を持たせていた。

「大名になれぬならば九千石」

幕府には九千石をこえる旗本もいた。

三郎の婚姻先がうまく会津家になれば、九千石も夢ではなくなる。

「高家肝煎を世襲する。嫡子は従四位下、当主は従三位」

当主でない息子に従四位下を与えるという前例を朝廷が認めた。となれば、当主は従四位下ではなく悪くとも正四位、そして、正四位は公家にあがるための待機の官位であり、数年で従三位になっていく出世が約束されている。

「従三位ぞ。大臣は無理でも、近衛中将、参議《さんぎ》、いや、中納言もありえる」

吉良義冬の夢は広がった。

ふと吉良義冬が顎《あご》に手を当てた。

「経済としては悪手になるが……三郎の相手に公家というのもよいか。近衛さまの伝手《つて》もある。残念ながら、近衛さまは三郎よりもお若いゆえ、その姫君というわけにはいかぬが、名家《めいか》、清華家《せいがけ》、羽林家《うりんけ》あたりならば、手が届こう」

吉良義冬が口にしたのは公家の格であり、どれも大納言から大臣になることのできる家柄であった。

「五摂家は高すぎるか」

将軍の正室を出すことができる。そこから姫を娶るなど、身分をわきまえぬ愚か者と叱られる。

「三郎ならば……一考に値するな」

吉良義冬が一人納得した。

「……ふむ」

弾正尹は、その権を使った。

「吉良上野介を捕まえよ」

弾正大疏《だいさかん》、少疏たちを集めて、弾正尹が命じた。

「…………」

先日のことを見ていた弾正大疏以下、弾正少疏たちが黙った。

「どないした」

「長官《おかしら》、お止めになられたほうがよろしんでは」

弾正大疏がおずおずと進言した。

「なんでじゃ」

「近衛はんの係人《かかりゆうど》でっせ」

「わかっとるわ。かまわへん」

首を横に振る弾正大疏に弾正尹が強く言った。

「後で祟《たた》ったときは、長官がお引き受けくださいます……」

「そんなもん、わからん。そんときになってみんとな」

弾正尹が逃げた。

「それやったら……」

「命やぞ」

断ろうとした弾正大疏を弾正尹が押さえこんだ。

「うっ」

弾正台に勤めている限り、その頭である弾正尹の指図には従わなければならない。断るならば、役目を辞さなければならなかった。

「わかっているんやろうな」

「……へえ」

釘を刺された弾正大疏が折れた。

「ほな、さっさと行けや」

「どこへ行けば」

「そんなもん、言われんでもわかるやろうが。今出川御門の近衛屋敷や」

「こ、近衛はんの屋敷に踏みこむんで」

弾正大疏が顔色を変えた。

「そうや」

「無茶ですわ。相手は五摂家筆頭の近衛はんでっせ。わたいらなんぞ門に近づくことさえできまへん。近衛はんの屋敷へ入るんやったら、長官に出てもらわな」

「…………」

とんでもないと手を振った弾正大疏の要求に、弾正尹が黙った。

公家を捕まえるにも格はあった。近衛基熙への手出しを弾正尹はできないが、その家臣は捕縛できる。ただし、これは路上での話で、屋敷のなかへ踏みこむとなれば、弾正尹が先頭に立たなければならなかった。

「ここをどこやと思うてる。その方らの足踏み入れられるところではないわ、疾《と》く去《い》ね」

こうあしらわれれば、弾正大疏あたりではどうしようもなかった。

「……屋敷を見張り、出てきたら捕らえ」

苦そうな顔で弾正尹が指示を変えた。

第五章　侍従下命

一

錦屋《にしきや》の奉公人に父への書状を託してしまえば、三郎《さぶろう》にやることはなくなった。

「若さま、いけませぬ」

築地《ついじ》塀の上から外を覗くようにしてきた小林平八郎《こばやしへいはちろう》が首を左右に振った。

「見張られているか、まだ」

「はい」

確かめた三郎に小林平八郎が首肯した。

「弾正台《だんじょうだい》なのだな」

「あのときに見た者の顔がございまする」

三郎と小林平八郎が合わせてため息を吐いた。

「諦《あきら》めの悪いことじゃの」

近衛基熙《このえもとひろ》が苦笑しながら、顔を出した。

「これはっ」

あわてて小林平八郎が、庭へ降りようとした。

「止めてくれ。三郎のお気に入りにそのようなまねをさせては、麿《まろ》が嫌われるわ」

近衛基熙が手を振って、小林平八郎を制した。

「若さま……」

小林平八郎が三郎に伺いを立てた。

「お言葉に甘えよ」

三郎がうなずいた。

「追い払うかの」

近衛基熙が尋ねた。

弾正台の役人とはいえ、五摂家《ごせっけ》の当主への手出しはできなかった。いや、天下に五摂家を咎《とが》められる者などいなかった。

禁中並公家諸法度を幕府は発布しているが、実際五摂家への適用は難しい。

「従二位《じゅにい》の将軍が摂家へ口出しをすると申すか」

「京都所司代《きょうとしょしだい》ごときが、触るでないわ」

朝廷にとって官位は絶対の格であった。

「禄《ろく》を停止する」

官位では手出しできないとなれば、幕府は兵糧攻めに転じるしかなくなる。

「身を慎もう」

食べていけなくなれば人は弱い。それでも矜持《きょうじ》の高い公家は、謹慎を命じられるという形ではなく、自ら遠慮したという形を取る。

そこまで気を遣われる五摂家へ直接手出しはしてこないとはいえ、取り囲むというのは異常であった。

「必死なのだろう」

「後ろ暗いことがありますと言っているも同じであるぞ」

三郎の感想に近衛基熙が笑った。

「そもそも我らを捕まえてどうするというのだ」

「麿への人質ではないのか」

首をかしげた三郎に、近衛基熙が疑問を含んだ答えをした。

「人質になるか」

「ならぬの」

重ねて問うた三郎へ、近衛基熙があっさりと断言した。

「摂家の者ならば、吾《わ》が子、吾が親を人質にされようが、皇統にかかわることで枉《ま》がることはない」

「であろうな」

切り捨てられた三郎だが、平然と納得した。

「詭弁《きべん》ではあるが、たしかに弾正台には上野介《こうずけのすけ》を捕らえる権能はある」

わざと近衛基熙は三郎のことを官名で呼んだ。

「ただ、それ以上のことはできぬ。そなたは幕府の旗本じゃ。当主ではないが、高家の嫡男として従四位下《じゅしいのげ》侍従《じじゅう》、上野介をいただいている三郎を捕まえるだけでも、幕府との軋轢《あつれき》は避けられぬというに、万一にも咎めを与えるようなまねをすれば、明日には禁裏付《きんりづき》が出張ってくるだろう」

「そうなるの」

近衛基熙の言いぶんを三郎は認めた。

禁裏付は千石ていどの旗本が御所の警衛、公家の監察を目的として、設けた役目で、その権限は朝廷の内証にも及ぶ。

後水尾《ごみずのお》法皇と中宮和子《まさこ》との間に生まれた女帝明正《めいしょう》天皇が、異母弟後光明《ごこうみょう》天皇へ譲位したときに、幕府が新設した。

徳川《とくがわ》将軍家の血を引く明正天皇を高御座《たかみくら》から外した朝廷への嫌がらせを目的としているとも言われ、実際禁裏付役屋敷から朝廷へ出仕する禁裏付は、行列の先頭に鞘《さや》を外した抜き身の大槍《おおやり》を立てて、あたりを威圧して進む。

「禁裏付や」

「槍で突かれたらかなわんわ」

昇殿しようとする公家の牛車が、禁裏付の行列に遭うとあっという間に消えてしまう。遅いはずの牛車が駿馬のようになるとまで言われるほど怖《おそ》れられていた。

京にあるときは、京都所司代の監督を受けるが、禁裏付は本来老中《ろうじゅう》支配であり自らの判断で公家を捕縛する権を持っていた。

「それくらいのこともわかっていない連中がしでかしているということじゃ」

「摂家の方々は加わっておられぬと」

「うむ。そこまで摂家は愚かではない」

近衛基煕が強く否定した。

「もし、摂家の誰かがかかわっているならば、少なくとも麿に手出しはせえへん。ああ、麿に直接というだけではないぞ。そなたらを含めて、従者、小者にいたるまで触るまい」

「なるほどの」

うなずいてから三郎が疑問を口にした。

「摂家が皇統に影響を及ぼした歴史はあるだろう」

三郎が近衛基煕を詰問するような口調になった。

「……ある。今さら、ないなどというつもりはないわ」

近衛基煕も首肯した。

「ただそのときは、摂家の誰かが外戚《がいせき》であった」

「外戚として力を振るおうとした」

「そうやろう。麿の歳では、そのあたりはわからん。中宮にあげた娘の子、ようは孫やな。その孫がかわいいから天皇にしたかったのか、それとも外戚なればこそ、主上へ近づけるというのを利用して政を好きにしたかったのか」

小さく近衛基煕が首を横に振った。

「ただ、今は違う。誰も外戚やないし、なにより亡くなられた後光明天皇の勅意がある。それに……」

近衛基熙が途中でため息を漏らした。

「なにかあるのか」

その様子に三郎が訊《き》いた。

「今時、主上の外戚になったところで、天下には何一つ影響を及ぼせぬ。せいぜいが摂政《せっしょう》、関白《かんぱく》になりやすくなるていど」

「それこそ摂関家の望みであろう」

「たしかに五家の誰が摂政になるか、関白になるかは大きいがの。とどのつまりは、順繰りじゃ。一家で代々独占できるものではない」

「そうなのか」

高家の嫡子だが、そこまで朝廷の内情に詳しくはない。

三郎は首をひねった。

「それにの。摂政、関白になるときに、幕府の了承を取らねばならぬ」

「御上の判断が要ると」

「そうや。幕府が是と言わんかぎりは、就任はでけへん。まあ、やる気になったら、官位のことは朝廷の専管やというて突っ張ることもでけるけどな。無理矢理人事を通したら、後が怖いやろ」

「怖いな」

近衛基熙の話に三郎も同意した。

幕府は力で成立する。そのため、どうしても物事の決着を力でつけようとするきらいがあった。

「気に入らぬならば、謀叛《むほん》を起こすがよい」

大名を改易するときも、幕府は平然とそう言ってのける。こう言われれば、誰も反抗できなくなる。

諸大名で最高の百万石を領する前田《まえだ》家でも、その兵力は三万人ていどでしかないのだ。家臣の兵まで動員しても五万くらいである。それに対して幕府は、単独で十万人をこえる兵を持つし、大名たちに負担をさせればさらに五万やそこらは増える。

それで全力ではないのだ。

幕府開闢《かいびゃく》以来五十をこえる大名が潰《つぶ》されてきたが、どこも籠城《ろうじょう》してとか、最後に戦いを挑んでとならなかったのは、あまりに力の差がありすぎるからであった。

当然、幕府は朝廷にも力を向けることをためらわない。

「口出しをするな」

そう朝廷が幕府の影響力を拒んだら、

「ならば勝手になされよ。もう知らぬ」

幕府にそっぽを向かれれば、朝廷はなにもできなくなった。

さすがに公家の禄や朝廷の費えを削ることはないだろうが、即位の礼、大嘗祭《だいじょうさい》、大喪の礼、立太子の儀などの費用は出さなくなる。

今の朝廷にどの行事への出費は難しい。

ましてや、譲位に伴う仙洞御所《せんとうごしょ》建築など無理であった。

「上納を頼みたい」

幕府の統制が緩んでいた乱世ならば、まだどうにかなった。各地で覇を争っていた大名たちに声をかければよかった。

「何々守を賜れるならば」

「弾正忠《ちゅう》をお願いいたしたく」

戦国大名たちにとって朝廷は利用できる御輿《みこし》であった。金を出す代わりに、領国を支配するあるいは隣国を攻める大義名分を要求できる。

しかし、幕府が力を持っていれば、天下の騒乱は起こらず、国境の変更も認められない。

大名たちにとって、朝廷に金を出しても見返りが望めない。

「些少ながら……」

なかには見返りを求めず、朝廷への崇敬だけで金を出そうとする者もいるかも知れない。

「許した覚えはない」

幕府が咎める。

朝廷と大名が手を組むことを幕府は怖れていた。

「徳川家を朝敵となす」

形だけとはいえ、征夷大将軍《せいいたいしょうぐん》は朝廷によって任命される。もし、幕府の力が衰え、朝廷が諸大名と組んだなら、徳川の天下は崩れる。

それを怖れている幕府が、尊皇の大名を見逃すはずはなかった。

「申しわけございませぬが」

尊皇といえども、生きていればこそである。

「金がないのは辛《つろ》うおじゃる」

朝廷は涙を呑《の》んで、幕府の支配を受けていた。

「五摂家は幕府が皇統に手出しせぬかぎり、徳川を敵に回すことはない」

近衛基熙が断じた。

「となると、黒幕は……」

徳川が皇統に血を入れようとした和子中宮入内《じゅだい》のときは敵対していたと言ったに等しい近衛基熙に、三郎は気付かぬ振りで尋ねた。

「三位《さんみ》になれるかどうかという連中」

確認するような三郎に、近衛基熙が答えた。

「畏《おそ》れ多いとわかっておるが、主上はどう……」

最後まで口にせず、三郎がもっとも危惧すべきことについて訊いた。

「ご存じであろうな」

苦渋に満ちた顔で、近衛基熙が告げた。

「いかに愚かであろうとも、主上のお望みに反してまではせぬ」

「……………」

「お退き願うしかない」

無言で問いかけた三郎に、近衛基熙が力ない声ながら、はっきりと言った。

「しかし、ご譲位は決まっているのだろう」

「決まってはいる。ただ、ご叡慮《えいりょ》に反してまで強行するのは、さすがに摂家の総意とはいえ、難しい」

近衛基熙が首を横に振った。

「なるほど。将軍家へなぞらえればよくわかる。今から五代さまを我ら高家だけで決めようとしていると同じじゃか。四代さまがお怒りになられる」

三郎が天を仰いだ。

二

今出川《いまでがわ》御門《ごもん》の近くにも弾正少疏《しょうさかん》たちが出張っていた。いや、もっとも人数が配されていた。

「逃げるとしたら、ここから出るはずや」

弾正大疏が三郎たちの行動を逃亡と予想した結果であった。

「おい、邪魔や」

当然のことながら、衛門大志《えもんのだいさかん》が苦情を入れた。

「弾正尹《いん》はんの命や。お役目やさかい、辛抱してんか」

「役目……」

先日配下の衛門少志が二人、弾正尹に飼われていたことを知ったばかりの衛門大志が嫌そうな顔をした。

「衛門では、四位を捕まえられへんやろ」

「でけへんわけやないぞ」

衛門はその名前の通り、御所へ通じる諸門、かつては洛中《らくちゅう》の諸門を警衛し、不埒《ふらち》なまねをする者を追い払うのが仕事であった。

それも武家が台頭してくるまでの話であり、今や洛中の諸門は幕府から差し回された者がおこなっている。

「ほな、やってみいや」

弾正大疏が鼻で嗤《わら》った。

「…………」

誰を捕まえようとしているかを衛門大志はわかっている。近衛家の客人となっている江戸《えど》から来た武家、それも従四位下侍従兼上野介の階位を持つ高家となれば、とても門衛の責任を持っているとはいえ、衛門大志の考えだけで捕まえるのは厳しい。

「麿は知らへんで」

まちがいなく衛門たちの頭、衛門督《かみ》は逃げる。

「越権なり」

旗本を捕まえることができるのは幕府だけであると、京都所司代が強行に抗議してくる。

「勝手にやったことですわ。己で責を取らせますよって」

一瞬のためらいもなく衛門大志は生け贄《にえ》として差し出される。

結局のところ、衛門たちでは三郎たちどころか、狼藉《ろうぜき》者も捕まえることはできないのだ。

「わかったら、知らん振りしとき」

弾正大疏が手を振った。

「…………」

ぐっと握りこぶしを作りながら、衛門大志が詰め所へと引っこんだ。

「ふん」

損な役目を弾正尹から押しつけられた不満を衛門大志で少し晴らした弾正大疏が鼻を鳴らした。

「出てきまへんなあ」

少し離れていた弾正少疏が近づいてきた。

「来られたら困るわ」

弾正大疏が苦笑した。

「……なるほど」

にやりと弾正少疏が口の端を吊《つ》り上げた。

「どないですやろ。ちょっと数人、他へ逃げこんでないかどうかの見廻《みまわ》りに出しては」

「……ふむ」

弾正少疏の提案に弾正大疏が思案顔になった。

「ええかも知れんなあ。ここにおるとは限らんし」

大きな穴を空けて、三郎たちを逃がす。弾正少疏はそう提案していた。

「御所から逃げたやつは捕まえられまへん」

弾正台は内大臣《ないだいじん》以下を捕縛できるといったところで、今は御所内だけでしか、その力は振るえない。いや、御所内でも禁裏付がその役目を果たしているため、実質なにもできないというのが正解であった。ただ、それを認めるわけにはいかない。

認めてしまえば、弾正台の意味はなくなる。

「おまはんに任すわ。三人ほど連れて、御所内の巡回に出てんか」

「へい」

弾正少疏がうなずいた。

もともと八人で近衛屋敷を見張っていた。屋敷の構造上、北は御所の築地塀に、南と西は隣の屋敷に塞がれているので、四人で東を見張っている。それを半分にしたのだ。

「休憩にするで。二人ずつや。白湯《さゆ》をどこぞでもろうて来てんか」

「行てきますわ」

若い弾正少疏が手をあげた。

「言うまでもないけど、弾正台には戻りなや。できるだけ遠いところでもらうんやで」

「わかってまっせ」

弾正大疏に言われた弾正少疏が首を縦に振って、のんびりと離れていった。

「いてまんねんやろうか」

残った弾正少疏が、弾正大疏に問うた。

「屋敷のなかにか」

「さいです」

弾正少疏が首を縦に振った。

「むうう」

弾正大疏が唸った。

「たしかに、あの後すぐに屋敷を囲んだわけやないし、見張りを付けてもおらへん」

丸一日以上、近衛屋敷は放置されていた。

それだけの刻《とき》があれば、三郎たちは洛中どころか、東なら草津《くさつ》宿、西ならば大坂《おおさか》へ入っていてもおかしくはなかった。

「いてへんとわかれば、こんな面倒から離れられるか」

「長官からは逃げられまへんけど」

呟いた弾正大疏に弾正少疏が告げた。

「……嫌なこと言いなや」

弾正大疏が恨めしそうな目で弾正少疏を見た。

「家職でっさかいなあ。わたいらは弾正台に子々孫々までくくられてます」

「長官がどっか行ってくれんとあかんかあ」

大きく弾正大疏が嘆息した。

「とりあえず、いてるかどうかくらいは、たしかめなあかんなあ」

気の進まない顔で弾正大疏が、足を踏み出した。

「近衛はんとこの門番に訊いてくるよって、おまはんは衛門に問うてんか」

「ええ顔されまへんがな」

たった今、衛門大志ともめたばかりである。そこへ近づくのは、誰でも嫌であった。

「辛抱し。それとも長官のもとへ報告に行くほうがええか」

「とんでもない。行て来ますわ」

言われた弾正少疏がそそくさと今出川御門へと駆けていった。

「……はあ」

周囲にわかるほど、大きく息を吐いた弾正大疏が、近衛家の門へと近づいた。

「誰ぞ」

弾正大疏が役儀の威厳をもって声をかけた。

「どなたはんで」

「弾正大疏じゃ」

なかから返ってきた門番小者の声に、弾正大疏が名乗った。

「……弾正台のお方はんが、当家へなんぞ」

門番小者が近衛家の威光を見せた。

「話を訊かせてもらいたいんやけど」

摂関家の威光に、弾正大疏が腰を低くした。

「門は開けへんで」

門番小者が条件を付けた。

もし、門を開けてなだれこまれでもしたら、叱られる。たとえ、何もできず、平《ひら》松大納言《まつだいなごん》によって追い返されたとしても、近衛家の屋敷に弾正台が踏みこんだという醜聞は消えないのだ。

「……かまへん」

少し考えて弾正大疏が了承した。拒めば、門番小者は奥へ引っこんでしまい、相手にしてくれなくなる。

「で、なんや」

門ごしの声は聞き取りにくい。

「屋敷内に、江戸から来た武家がいてへんか」

「…………」

弾正大疏の質問に返答がなかった。

「おい」

「悪い、耳が遠いよってな。聞こえへんかった。もう一回頼むわ」

呼びかけた弾正大疏に、門番小者が頼んだ。

「屋敷のなかに武家はいてへんかと」

「武家かいな。それは御所はんのお身の回りを守る者のことか」

五摂家には、北面の武士、西面の武士と同じような警固役の武士がいた。

「ちゃう。客で江戸から来た高家や」

見えないとわかっていても弾正大疏は、首を横に振った。

「高家はんか。はてなあ、知らんわ」

門番小者が否定した。

「見た者《もん》がおるんや」

「そうか。ほな、その見たちゅうお人に訊いてんか」

圧をかけようとした弾正大疏に、門番小者が冷たい対応を取った。

「あっ……」

弾正大疏が止めようとしたが、門ごしではなにもできない。

「おい、おい」

「………」

話しかけても、もう門番小者の反応はなかった。

「あかんかあ」

弾正大疏が肩を落とした。

「組頭」

合わせるように衛門少志に問うた弾正少疏も戻ってきた。

「どないやった」

「知らんわと」

駄目だったと弾正少疏が首を左右に振った。

「やわなあ」

さきほどの遣り取りの後で、ていねいな対応は望めない。いや、もしちゃんと答えてくれたら、其れを疑うべきである。

「しゃあないなあ。いてへんとわかれば、ここから離れられたのに」

弾正大疏が頭《こうべ》を垂れた。

頭中将《とうのちゅうじょう》と弾正尹からなにもしないと責められた公家の屋敷は、百万遍《ひゃくまんべん》をさらに南へ行ったところにあった。

「侍従はん、お呼びでっか」

公家の屋敷に、どう見てもまともとは思えない姿の男が訪れていた。

「来たか、まあ、座り」

「怖いでんなあ。侍従はんがいきなり用件を言うてきはらへんとは」

着席をすすめられた無頼が笑った。

「やかましいわ」

侍従が無頼を睨《にら》んだ。

「ところで……」

無頼の雰囲気が一瞬で変わった。

「御用はなんですねん。金は先日渡しましたなあ」

「……わかってる。今回は無心やない」

威圧してくる無頼に侍従が手を振って否定した。

「そらなによりで」

目だけ冷たい笑顔で無頼が応じた。

「用件は、人を二人永遠に黙らして欲しいんや」

「人殺しですかあ」

無頼の表情がゆるんだ。

「誰を片付けますねん」

「武士や。二人の武士を頼みたい」

侍従が告げた。

「ふうん、二本差しですかいな。二本差しを二人……そうでんなあ、二十両いただきましょか」

「に、二十両……なにを言うねん。屋敷を賭場《とば》に貸してやってるやないか」

指を二本立てた無頼に、侍従が顔色を変えた。

「そちらこそ、なにを言いはるやら。博打《ばくち》場の代銀は月ごとに支払ってまっせ」

「……………」

言われた侍従が黙った。

「人にもの頼むのになんもなしというわけにはいきまへんやろう」

「場を貸さへんと言えば……」

「他のお方のところへ挨拶《あいさつ》に行くだけでっせ」

「そうすんねんやったら、町奉行所に……」

「それ以上は口にしたらあきまへん。わたいらから金を受け取った段階で、おたくはんも仲間や。わたいらの渡世でもっとも嫌われるのが、仲間を売ることですわ。知ってはりますか、裏切り者は、両目くり貫《ぬ》かれたうえに、男やったら股間《こかん》のものを切り取って、口に咥《くわ》えさせられたうえで首裂かれますねん」

「ひうっ」

悲惨な死にようを想像した侍従が小さく悲鳴をあげた。

「女はもっと酷《ひど》い目に遭いまっせ。男はすぐに死ねるけど……」

「や、止めいや」

侍従が無頼に命じた。

「で、どないします。聞かんかったことにしますか。それとも金を」

「金はない」

二十両という金が出せるようならば、最初から屋敷を無頼の稼ぎ場所として貸したりはしない。

「ならん話を……」

無頼があきれた。

「どうや、三ヵ月、代銀なしで」

「なにを言うやら」

指を三本見せた侍従に、無頼が失笑した。

「月に五両の約束でっせ。それで三ヵ月やったら、十五両にしかなりませんやん」

「……それで勘弁してくれ。つきあいも長いやろ」

「つきあいを出さはるんやったら、月を三両にしてくださいや。そしたら、引き受けまっせ」

「一年で二十四両になるやないか。それ以降も続くねんやろ、値引きは」

「当然でっせ。ああ、値上げはもうおまへん。そちらの無理を聞くわけでっさかいなあ」

にやりと無頼が嗤った。

「……ううう」

侍従がためらった。

「…………」

苦悩する様子を無頼がじっと見つめていた。

「……わかった。四ヵ月で」

「五ヵ月」

「なにをいうか。それでは二十五両になるだろう」

「値上げしたんですわ、今」

「冗談《てんご》言いな」

「ずっと同じ値なわけおまへんわなあ。ここの借り賃、最初は四両でしたやろ」

「…………」

先に値上げしたのは、そちらだろうと指摘された侍従が黙った。

「どないします。そろそろ三十両にしたい気が」

「わかった。五ヵ月」

あわてて侍従が承諾した。

三

無頼というのは気が短い。

「さっさと片付けんとなあ。じっと出てくるのを待つなんぞ、狐を狩る猟師のやるこっちゃ。こっちは御法外れの無法者やで」

「親方、相手は近衛はんでっせ。後々大事になりまへんか」

配下が注意を口にした。

「あかんなあ、おまえは。そんなんやと一人前にはなられへんぞ。ええか、近衛とか所司代とか、そういったところほど、なにかあったということを隠したがるもんや」

「はへええ、そういうもんでっか」

教えられた配下が感心した。

「他にもそういったところほど、己が襲われるなんぞとは思っていないんや」

「なるほど。近衛を襲うような畏れ多い者はいてへんと……」

「そうや。だから安心して襲えるちゅうもんや」

無頼が胸を張った。

「どのくらい用意します。十人でたりまっか」

配下が襲撃する人数を問うた。

「そんなに出したら、儲《もう》けなくなるで。二十五両しかないねんぞ。一人三両として、六人までやな。ほれ十八両」

「おっと。へい。これでやりますわ」

受け取った配下が、金を懐に仕舞った。

「さっさとせえや」

「今日にでもやりまっさ」

親分に言われた配下が首肯した。


三郎は禁足となった日を書見で過ごしていた。公家として何百年という歴史を受け継いできた近衛家には、数え切れないほどの古典が保存されていた。

「比叡山延暦寺《ひえいざんえんりゃくじ》縁起まであるとはの」

珍しい書物に三郎は興奮していた。

「……うん」

静かだった屋敷にさざ波のように騒ぎが入ってくるのを三郎が気づいた。

「若さま」

すぐに小林平八郎が駆けこんできた。

「何ごとぞ」

「狼藉者やああ」

そこへ悲鳴が響いた。

「狼藉者だと」

すっと三郎が立ちあがった。

「多治丸《たじまる》どののもとへ。守るべきはあのお方じゃ」

「はっ」

小林平八郎が動いた。

「見張っていた弾正台の者どもがしびれを切らしたか」

書見台の側に置いていた両刀を三郎が腰に差した。

弾正大疏は、目の前で起こっていることに唖然《あぜん》としていた。

「なんや……なにが」

「どないなってますねん」

弾正少疏たちが、あわてて指示を求めてきた。

「と、とにかく今は動くなや。巻きこまれとうはないやろ」

「ですけど……」

指示された弾正少疏が、近衛の屋敷へ目をやった。

すでに近衛屋敷の表門は破られていた。

「わたいらは弾正や。こういったのは検非違使《けびいし》の役目や」

「検非違使に報せは……」

「衛門がしよるやろ」

弾正大疏が逃げた。

「ええんでっか」

「役目やないわ」

あきれる弾正少疏たちに、弾正大疏が横を向いた。

公家の屋敷の表門は、城の城門はもちろん、武家屋敷にも及ばない。大きな木槌を数回ぶつけるだけで、あっさりと破られた。

「行け、行け、行け。逃がすなよ」

十八両預かった配下が、連れてきた手下に命じた。

「ええかあ、武士を殺したやつには金の上乗せがあるで。その代わり、なにもできなかった者には金を払わへんぞ」

配下が手下たちに告げた。

「金はわいのもんや」

「公家屋敷にいてる武士なんぞ、なにほどのもんやあ」

金に釣られた手下たちが走りこんだ。

「四人もいてたらたりるやろ」

しっかり配下は一人分を懐に入れていた。

「さあて……」

配下が回りで遠巻きにしている弾正台の連中、衛門たちに目を向けた。

「手え、出しなや。こっちも金にならん仕事をしたいとは思えへんでなあ」

配下が聞こえるように言った。

「………」

「見届けにいくかあ」

目をそらした役人たちを笑いながら、配下が近衛屋敷に足を踏み入れた。

手下たちが屋敷のなかを荒らしていた。

「邪魔すんな、殺すぞ」

長脇差を振り回した手下たちが、三郎たちを探した。

「おっ、いてたでえ、武士が」

「ち、違う。麿は帯刀役じゃ」

近衛家に勤める警固役が腰に付けていた太刀を投げ捨てた。

「違うんかい。ややこしいな。おい、どこに武士はいてるねん」

「お、奥に」

帯刀役が教えた。

「そうかあ、まあ、いてまうか」

手下の一人が、長脇差で帯刀役を突いた。

「あっ……なんで」

帯刀役が大きく目を見開いて死んだ。

「助け求めに行かれたら困るやろ」

手下が告げた。

「手柄はわいのもんや」

「あほ、一人で先走るな」

若い手下が走り出し、もう一人が追いかけた。

「二人に二人で行くな。数で勝たんとあかん」

帯刀役を殺した手下が後を追った。

「待ってえなあ。一人仲間はずれは嫌やあ」

残った一人の手下も喚《わめ》きながら奥へ向かった。

近衛基熙は自室で端座していた。

「賑《にぎ》やかでおじゃるの」

「多治丸……」

三郎が飛びこんできた。

「麿が狙いとは、思い切ったことをする」

後ろに弾正尹らがいると近衛基熙は見抜いていた。

「いや、狙いは吾《われ》だろう」

三郎が否定した。

「五摂家に狼藉など、禁裏が許すまい」

「知らぬ顔を決めこむということもあるぞ」

近衛基熙があきれ顔をして見せた。

「それを後水尾法皇さまがお認めになると」

「ふん、なるまいな」

嫌そうに近衛基熙が頬をゆがめた。

「若」

廊下に控えていた小林平八郎が短く注意を促した。

「来たか。多治丸、動かんでくれよ」

「心配せずとも動けぬ。笏《しゃく》より重いものを持ったこともないでの。足手まといは自覚しておるわ」

太刀を左手に持ち立ち上がりながら念を押した三郎に、近衛基熙が苦笑を返した。

「どこだあ、獲物は」

「いやがったぞ」

手下たちが小林平八郎に気づいた。

小林平八郎が無言で腰を落とした。

「…………」

「……はああ」

三郎がため息を吐いた。

「あのていどの刺客とは」

「……麿には怖ろしゅう見えるがの」

近衛基熙が反応した。

「平八郎、お屋敷を血で汚すな」

「承知」

三郎の指示に小林平八郎が太刀を鞘へ戻した。

「屋敷くらいよいぞ」

「…………」

それよりも安全をと言った近衛基熙を三郎が手で制した。

「刀をなおしやがったでえ」

「命乞いはきかへんわ」

小林平八郎の対応を恐怖からと思いこんだ手下たちが、長脇差を振りあげた。

「死ねやあ」

「金になれえ」

長脇差を振り落とそうとした手下二人が、固まった。

「えっ」

「なんや」

公家の屋敷の天井は低い。当然、廊下の梁《はり》も一間（約一・八メートル）ほどしかない。そこに手下たちの振りあげた長脇差が引っかかっていた。

「愚かなり」

嘆息しながら、小林平八郎が一瞬呆然《ぼうぜん》とした二人の手下の臑《すね》を前から踏み抜くようにして蹴《け》った。

「ぎゃあああ」

「あわっあわっ」

人体の急所の一つである臑は、肉が薄く骨までが近い。そこへ兵法者の修業を積んだ小林平八郎が渾身の蹴りを食らわしたのだ。

臑の骨が折れ、二人の手下は激痛に転げ回った。

「うわあ……痛そうや」

その苦悶振りに近衛基煕が顔色を白くした。

「権造《ごんぞう》、孤介《こすけ》……てめえ」

追いついてきた手下が、苦痛にうめいている仲間二人を見て、怒った。

「死にくされえ」

長脇差を小林平八郎目がけて突き出した。

「……ふっ」

身体を開いて、右へ突きを流しながら小林平八郎が間合いを詰め、手下の伸びきった腕を摑《つか》んだ。

「は、離せ……ぎゃっ」

利き腕を逆にきめられた手下が悲鳴をあげた。

「肘、肘」

遠慮なく小林平八郎が手下の肘を逆側へと曲げ折ったのだ。

「ひえっ」

最後の一人がたたらを踏んで止まろうとした。

「逃がすな」

「はっ」

三郎の言葉に小林平八郎が首肯して追った。

「た、助けて」

手下が振り向いて小林平八郎に頼んだ。

逃げるときは一心不乱に前を見ていなければならないが、背後から敵が迫るとどうしてもどのくらい余裕があるかを振り返って確かめたくなる。

だが、振り返るということは、身体の軸をずらすことでもある。そのずれがわずかながら、速度を落とす。

「…………」

「うわっ」

追いついた小林平八郎が体当たりをした。最後の手下が廊下を転がった。

「……ぬん」

そのまま馬乗りになった小林平八郎が首筋へ手刀を叩きこんだ。

「がっ」

首の骨がずらされた手下が白目を剝《む》いた。

「おい、なにを」

そこへ配下がのんびりと顔を出した。

「……まずいっ」

すぐに状況を呑みこんだ配下が背を向けた。

「くっ」

馬乗りになっていたぶん、小林平八郎の出が一瞬遅れた。

「うわああ」

配下が屋敷から出た。

釣られた小林平八郎も屋敷の外へ出てしまった。

「なんやっ」

「あいつ」

弾正大疏と弾正少疏たちが、小林平八郎を見つけた。

「た、助けてくれ」

「止まれっ」

今出川御門へ逃げようとした配下に、小林平八郎が叫んだ。

「うわあ、出てきてしもうたかあ」

嫌そうに弾正大疏が天を仰いだ。

「こうなると見逃せんなあ。行くでえ」

弾正大疏が弾正少疏たちを指示した。

御所内で太刀を抜くほど小林平八郎は愚かではなかった。

「そやつは近衛屋敷に押し入った狼藉者でござる。お見逃しあるな」

「近衛はんのところへ」

「捕まえろ。逃がすなよ。逃がしたら、終わるぞ」

衛門少志たちが、決死の表情で逃げてくる配下を囲んだ。

「離せ、離せ。わたいはえらい公家はんに知り合いがいてんねんぞ。こんなことしたら、後で泣くことになるで」

「そうか。そのお方は、近衛はんより偉いねんな」

「……それはっ」

配下が絶句した。

「ほな、あきらめ」

衛門少志が配下を取り押さえた。

「ふう」

小林平八郎が安堵のため息を吐いた。

「おとなしゅうしてんか。弾正台のもんや」

力を抜いた小林平八郎に、弾正大疏が声をかけた。

「…………」

小林平八郎は無視した。

「なあ、頼むわ。こっちも手荒なまねをしとうないし、されとうもない」

弾正大疏が要求した。

「武家は……」

「……武家は」

不意に口を開いた小林平八郎に弾正大疏が応じた。

「武家は主君にのみ従う」

そう告げると小林平八郎が近衛屋敷へと戻ろうとした。

「ま、待て」

弾正大疏があわてて、小林平八郎の背中へ手を伸ばした。

「触りな」

いつの間にか近衛基熙が門まで出てきていた。

「……近衛はん」

弾正大疏が息を呑んだ。

「ええかげんうっとうしいわ。馬鹿に伝えとき。近衛が怒ってるとな」

近衛基熙が冷たい声で宣した。

感情を表に出さないのが公家である。いや、そうでなければ千年をこえる権力闘争で磨きあげられた朝廷で生き残って家を継いではいけない。

その公家の象徴たる近衛家の当主が感情を見せた。

「…………」

その結末を予想した弾正大疏が腰を抜かした。

「武でない力というのを教えたるわ。弾正台の権能に溺《おぼ》れた愚か者へな。行くで、三郎。付いておいで」

近衛基熙が三郎を誘って歩き出した。

「ああ。平八郎遅れるな」

抗《あらが》いがたい近衛基熙に三郎は黙って従った。

四

今出川御門を出た近衛基熙たちを見送った弾正大疏は、弾正少疏たちに帰投を促した。

「帰ろ」

「へい」

弾正少疏たちも意見をせず、従った。

「終わったなあ、弾正尹はんも」

小さく弾正大疏が嘆息した。

近衛基熙が黙々と歩いた。

「多治丸、どこへ」

さすがに三郎が不安になった。

「黙って付いて参れ」

「…………」

とりつくしまもない近衛基熙に三郎は黙った。

「緊張しているのか、多治丸」

三郎は近衛基熙の声に硬さを感じていた。

「わかるか。まあ、おぬしもすぐに知ることになるわ」

少し近衛基熙の緊張が解け、笑いが含まれた。

「…………」

不気味な近衛基熙に、三郎の不安が増した。

「……ここや」

近衛基熙が門衛の立つ立派な門の前で足を止めた。

「ここは……」

三郎が問うのを、近衛基熙は無視して門衛に声をかけた。

「ええか」

「へえ。権中納言《ごんのちゅうなごん》はんはご随意にと承っておりますよって」

近衛基煕の求めに門衛が首肯して、門を片側だけ開けた。

「おおきにや」

礼を言った近衛基煕がするりと門のなかへ入った。

「……平八郎」

「若さま」

二人がどうすべきかと顔を見合わせた。

「……なにしてんねん。付いてお出でというたやろう」

開いた門から近衛基煕が顔を出した。

「肚《はら》くくるしかないいな」

「お供しまする」

覚悟した三郎に小林平八郎が首を縦に振った。

「門衛どの。ここはどなたさまのお屋敷か」

「それは近衛はんに聞いておくれやす」

問うた三郎に、門衛が小さく笑った。

「…………」

　三郎が鼻白んだ。

「若さま……」

　小林平八郎も頬を引きつらせた。

「京洛《きょうらく》のこと、もう少し調べておけば良かったわ」

　ため息を吐きながら、三郎が足を進めた。

「早よしいや」

　三郎たちが門を潜ったとき、近衛基熙はすでに車寄せにいた。

「まったく」

　言われればしかたない。三郎は急いだ。

「小林、そなたはここまでじゃ」

　車寄せの式台にあがった近衛基熙が小林平八郎を留《とど》めた。

「はっ」

　無位無冠の陪臣では当然である。近衛屋敷での扱いが異常なのだ。

　制された小林平八郎が首肯した。

「三郎、太刀を外し」

「ふふふ」

その姿を後水尾法皇が楽しそうに見て、微笑んだ。

「で、多治丸、今日はどういたした。上野介を紹介したいだけではなかろう。少しばかり怒気が顔に出ておる」

それこそ赤子に近い年齢から、手元で育ててきた。後水尾法皇は近衛基熙のわずかな感情の残り香をしっかりと嗅《か》ぎ取っていた。

「お叱りを受けたく参じましておじゃりまする」

公家らしい所作で近衛基熙が目を伏せた。


吉良義冬《よしふゆ》は、いつものように将軍家へ目通りをする旗本の礼儀礼法を監察すべく、白書院に出務していた。

「云談して念入れて勤い」

「ははっ」

家綱《いえつな》がそういって新任の小姓役が平伏したまま受けた。

「下がれ」

小姓が吉良義冬の合図で下がっていった。

「ご苦労であった」

家綱が去った後、同席していた保科《ほしな》肥後守《ひごのかみ》も腰をあげようとした。

「肥後守さま」

「なんじゃ、左少将《さしようしよう》」

老中ではないが、大政参与《たいせいさんよ》とされている保科正之《まさゆき》は、吉良義冬を呼び捨てにできる。

「少しお話を願いたく」

「多忙ゆえ、手短にの」

さすがに高家肝煎《きもいり》を無下には扱えない。保科正之が応じた。

「では、早速ではございまするが……」

すばやく吉良義冬が膝で近づいた。

「お願いがございまする」

「申してみよ。聞けるものならば、おろそかにはせぬ」

官位でいけば、吉良義冬と保科正之はともに従四位下で同格になる。

「子息上野介に、保科さまのお血筋の姫をお娶《めと》らせいただくことをお願いいたしたく」

「なんじゃと。当家と縁を結びたいと」

吉良義冬の要求に保科正之が驚いた。

「畏れ多いこと、身分違いで僭越《せんえつ》なことだとは存じておりまするが、嫡男上野介は、まだ部屋住みの身ながら、ご朝廷さまよりご厚恩を賜り、従四位下侍従兼上野介を賜りましてございまする。嫡男から当主になったとき、位階が進むのは慣例でございまする。家督を継げば、従四位上、そしていずれは正四位から三位へとのぼって参りましょう」

「…………」

黙って保科正之が聞いた。

「三位とあらば、御三家のご当主に匹敵いたしまする。朝廷においても三位以上は格別のお扱いを受けましょう。となれば、それなりの後ろ盾が要りまする」

「その後ろ盾に当家がなれと」

「はい。吉良としては公家から正室を迎えるわけには参りませぬ」

「公家からだと」

保科正之が目を吊りあげた。

「朝廷に取りこまれる高家が出ると……」

「子が生まれれば、その者が当主となりまする」

正室が産んだ息子にこそ、次代の権利はある。側室が長男を産んでいても、嫡男ではないのだ。

「……むうう」

少し保科正之が唸った。

「ここでの返答はできぬ」

「承知いたしておりまする」

保留した保科正之に、吉良義冬が首肯した。

「お手間を取らせましてございまする」

引き際は大事である。あまりしつこいと悪感情を抱かれるだけであった。

一礼して、吉良義冬が下がっていった。

「……一門たる当家と縁を結びたいとは、身の程を知らぬ。息子が部屋住みながら叙せられたことで増長したな。なれど、朝廷と結びつかれてはよろしくない。御上の内情が筒抜けになる」

朝廷と幕府は表向き公武合体を装っているが、水面下では互いの利になるように矛を向け合っている。その最前線にいるのが高家だけに、寝返られたり、通じられては大事になる。

「将軍家と縁続きになり、いっそうの力にする高家など考えたくもないわ。それこそ礼儀礼法を理由に政にも口出ししてこよう。そうなる前に名ばかりで力のない、吉良の足を引っ張る相手を早急に探さねばなるまい」

幕府からも言われておりながら、忙しさにかまけて後回しとしていた厄介事に保科正之が表情を険しいものにした。


保科正之との話を終えた吉良義冬の歩みを止めるように、目通り検分役として書院の隅で控えていた目付が立ち塞《ふさ》がった。

「無礼ぞ」

吉良義冬が目付を睨んだ。

「承知いたしておりまするが、先日のお話についてご返事をいただきたく」

「立ち会いを目付に任せるとの話か」

吉良義冬が確認した。

「さようでございまする」

目付がうなずいた。

「今、協議中である」

「左少将どののご意見をお伺いしたい」

了承するための条件はなにかと目付が問うた。

「余の考えか……そうよなあ」

わざとらしく、吉良義冬が間を空けた。

「高家免責じゃの」

「……高家衆には手を出すなと」

目付が吉良義冬の条件の本質を口にした。

「さよう。もともと高家に与えられていた任である。それで高家が咎めを受けるようでは、面目が立つまい」

「ここではなんとも申せませぬ。持ち帰りまする」

「うむ。では」

雑事だったと言わんばかりに、吉良義冬は行く手を開けた目付に手を振った。

近衛基熙の話を聞いた後水尾法皇が、怒りを抑えるために震える手で脇息《きょうそく》を摑んだ。

「吾が息子ながら……兄に似ず」

後水尾法皇が瞑目《めいもく》した。

身体に腫《は》れ物ができ、その治療のため皇位を譲った後水尾法皇は、それまで毎朝剣の素振りをしていたほど武を好んだ。

その影響を受けたのか、後光明《ごこうみよう》天皇も剣術を好み、当時の京都所司代板倉周防守《いたくらすおうのかみ》重宗《しげむね》が天皇は武ではなく雅に心をおかれるべきであり、もし江戸へ聞こえたならば、天皇は幕府へ不満を持っていると取られかねないと諫言、場合によっては京都所司代として切腹して責任を取らなければならないと上申したとき、まだ切腹というものを見たことがないので是非御所内でやってみせてくれと返したくらい肚は据わっていた。

「花町《はなまち》は地位にこだわるなど、情けなし」

怒った後水尾法皇は後西《ごさい》天皇の称号を口にして立ちあがった。

「どちらへ」

釣られて腰をあげながら、近衛基熙が問うた。

「言うまでもない。御所へ参る。花町に拳《こぶし》をくれてやるわ。なれば多治丸、付いて参れ。上野介、そなたに侍従を命じる。吾が身を守れ」

「わ、わたくしめが」

後水尾法皇から警固をせよと命じられた三郎が息を呑んだ。

本書は書き下ろしです。

高家表裏譚《こうけひょうりたん》4
謁見《えつけん》
上田秀人《うえだひでと》

令和3年 9月25日 初版発行

発行者●堀内大示

発行●株式会社KADOKAWA
〒102-8177 東京都千代田区富士見2-13-3
電話 0570-002-301(ナビダイヤル)

角川文庫 22837

印刷所●株式会社暁印刷
製本所●本間製本株式会社

表紙画●和田三造

●お問い合わせ
https://www.kadokawa.co.jp/ (「お問い合わせ」へお進みください)
※内容によっては、お答えできない場合があります。
※サポートは日本国内のみとさせていただきます。
※Japanese text only

ISBN 978-4-04-111643-2 C0193

◇◇◇

角川文庫発刊に際して

角川源義

第二次世界大戦の敗北は、軍事力の敗北であった以上に、私たちの若い文化力の敗退であった。私たちの文化が戦争に対して如何に無力であり、単なるあだ花に過ぎなかったかを、私たちは身を以て体験し痛感した。西洋近代文化の摂取にとって、明治以後八十年の歳月は決して短かすぎたとは言えない。にもかかわらず、近代文化の伝統を確立し、自由な批判と柔軟な良識に富む文化層として自らを形成することに私たちは失敗して来た。そしてこれは、各層への文化の普及滲透を任務とする出版人の責任でもあった。

一九四五年以来、私たちは再び振出しに戻り、第一歩から踏み出すことを余儀なくされた。これは大きな不幸ではあるが、反面、これまでの混沌・未熟・歪曲の中にあった我が国の文化に秩序と確たる基礎を齎らすためには絶好の機会でもある。角川書店は、このような祖国の文化的危機にあたり、微力をも顧みず再建の礎石たるべき抱負と決意とをもって出発したが、ここに創立以来の念願を果すべく角川文庫を発刊する。これまで刊行されたあらゆる全集叢書文庫類の長所と短所とを検討し、古今東西の不朽の典籍を、良心的編集のもとに、廉価に、そして書架にふさわしい美本として、多くのひとびとに提供しようとする。しかし私たちは徒らに百科全書的な知識のジレッタントを作ることを目的とせず、あくまで祖国の文化に秩序と再建への道を示し、この文庫を角川書店の栄ある事業として、今後永久に継続発展せしめ、学芸と教養との殿堂として大成せんことを期したい。多くの読書子の愛情ある忠言と支持とによって、この希望と抱負とを完遂せしめられんことを願う。

一九四九年五月三日